夜会四时堂

人生没有无解的难题

小野
著

中国·武汉

我有一个梦想
在鼓浪屿寻一处地方
有一方庭院
有几间房

一间是卧室
一间作餐厅
一间当茶室

静
WIFI
密码
四時

有长长的木桌
粗陶的碗
深色的筷
再结识一群乌托邦好友
大家围坐在一起
吃饭、分享

庭院不用大

几平方米就好

绿丛中有石灯

每晚灯火荧荧

照亮心里的路

“46号深夜食堂”手绘明信片　Y小姐（都茵玖）绘

·序

给你一个故事

我在武汉读书的时候，和朋友去过昙华林的一家小店。店里就店主一人，经营着两层的独栋小楼，一层面积不过八平方米，地中海风格，显得小巧别致。那是我第一次知道深夜食堂。

大学毕业后，我辞去了刚拿到手的深圳建筑公司的工作，独自来到鼓浪屿创业。创业的项目是服务于鼓浪屿的游客，办行李托运寄存。现在想来，这和创业似乎没什么关系。当时我带着两万多元，租房招工，到了8月就撑不下去了。

为了生存，我想着可以利用晚上的时间，试试做深夜食堂，说不定会有一点经济来源。就这样，我做了团购套餐，起初只送外卖。最忙的一个晚上，我送了16份外卖，从海边到山顶，穿隧道、走夜巷，通常到凌晨2点才结束，然后去码头附近的24小时公共厕所接自来水冲澡。

刚开始还被打扫的阿姨赶出来，后来我和她好言解释，她便同意我凌晨以后可以来用水。记得有一次送外卖，半路下起了大暴雨，我全身都湿透了。回来的路上，手里捏着拿到的一百元现金，我觉得特别满足。

时间证明这个决定是正确的，深夜食堂的确减轻了我的经济负担。终于在10月，我租了套一室一厨一卫带阁楼的民居，开始做深夜食堂。房子里最初是四面白墙，三个沙发，两个茶几，还有一盏白色日光灯。

经过一个月的摆放布置，那里慢慢有了两张饭桌、一个抄经桌的围合式布局。这个过程是很有意思的，我第一次尝试接电路，灯亮的那一刻，我兴奋得手舞足蹈；我把路边捡的木箱子、小凳子、枯树根变废为宝；我买棉麻布回来，自己缝边角，做成暖帘；自己动手刻鼓浪屿的木版画，印出来倒有点黑白老照片的感觉；我亲手画纸灯笼，给每个角落营造别样的特色；我坐船出岛买油漆涂料，滚墙漆、刷黑板……能想到的点子，我都将其一一实现。

我慢慢发现，这就是生活，我欣赏到了走向目标途中的风景。

我一直相信，用心做好每一件事，总会有收获。后来在食堂吃饭的客人越来越多，我也结识了很多朋友，听到了很多生动的故事。刚毕业的我，社会经验为零。尽管大家都说社会很复杂，创业太艰难，我仍然笑着尝试。

生活仍在继续，故事也在续写……

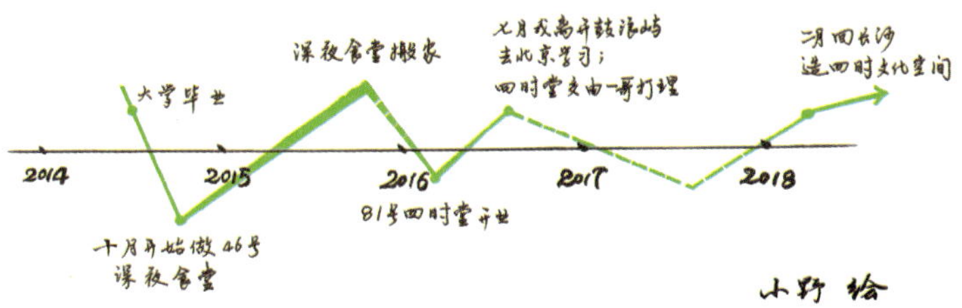

这本书的编辑在第一次审稿后告诉我，这本书首稿的时间线很混乱。我也意识到了这个问题，毕竟这几年里自己辗转几处，经历了三次创业。于是我突发奇想，手绘了这张图来诠释我与深夜食堂的状态。

线条趋势代表了我的身心状态，线条粗细反映的是我的物质生活水平。你会发现，线条在下降时，出现了断线，它反映的是自我清理的一个过程，也就是大家所说的“断舍离”。我在 2016 年夏天打理好四时堂之后，只拎着一个行李箱就离开了鼓浪屿，去北京学习，我把在鼓浪屿积累的所有东西都留在了四时堂。

偶然间，我也惊奇地发现（是在绘制完图之后），2017 年一整年，这个线条的趋势与走向都在平均线以下，这也就是我常说的：状态不在线上。

看完这张图，或许你就能理解本书中稍显“混乱”的时间线了。如果阅读时仍不太理解，可以查看每篇文章后的日期，并参照此图中的时间节点。

小野

2018.5.31

目 Contents 录

001 鼓浪屿深夜食堂

133

“81号”四时堂

197

北京东山

241

长沙四时堂

鼓浪屿深夜食堂

深夜食堂，给你一个故事。这一直是我的初心。
本章收集了我在鼓新路 46 号深夜食堂的回忆，这也是四时堂最初的模样。

詩

· 平安夜的浪漫

第一次动笔写客人的故事时，我想了很久，最后决定写她。我记性不好，可能会遗漏一些细节，我就只把印象最深刻的部分写下来。

她和我同岁，都是今年刚毕业。第一次来，是和她的大学男同学一起，他们都看过《深夜食堂》这部日剧，经他们的学长介绍（学长之前来我这吃过饭，最近在鼓浪屿上班），专程从福州来我这吃饭。他们点了小红肠、啤酒。到晚上 11 点的时候，他们的学长也从岛内赶来，我们一起喝酒，算是第一次认识。

那晚，我们聊到半夜，他们为了赶船才匆匆离开。

第二天晚上，她又来了，一个人，说自己去了一趟“纸的时代”书店，买了一本《杜尚传》送我。她还给学长带了一本书，说学长过两天会来取。那天，我做了一份猫饭给她。

那晚我们聊到很晚，她问了我一个问题，她说不想放弃她的新闻工作，为了工作可能要在上海发展，但是她暗恋的对象在厦门，她不知道怎么选择。那晚我也没有建议，只说有得有失，做了选择就要学会承担。现在想来，那也是些无关痛痒的话。

最后，我抱着“月饼”（我养的猫），送她去码头坐船。晚上风特别大，很冷，她穿着裙子，慢慢消失在夜幕里。

第三次是在平安夜前两天，她很突然地来了。那天我刚好伤到手了，血流不止。她进来，我就诉苦说：“你来的刚好，我切到手了，帮我洗碗吧。”她很爽快地答应了。

她问我学长把书取走没，我说没有。她说她辞职了，看年前能不能在厦门找个兼职，年后再作打算。那天，她一直帮我招待客人，忙里忙外，一直到深夜。我送她到码头，她说：“这几天我都来帮你吧！”我答应了。

平安夜的前一天，她下午就来帮我了，一直忙到很晚。最后，我抄录了一份《心经》送她，她一直表示感谢。那天，我知道了她暗恋的对象就是她学长。她说，明天邀请学长来一起过平安夜吧！

平安夜那天，她下午早早地来了，穿了长裙，买了面包。我们吃的时候，她说我们晚上可以做些不一样的吃的，比如平安夜套餐。这下灵感来了，我们就有了一大堆点子。我们去后山采松树枝，捡干松果，摘了一大把鲜花，回来后做了圣诞花环、圣诞套餐。我们动手制作，把点子一个个实现，这个过程很开心，让人沉浸在喜悦中。她折了一朵鲜花别在头上，在镜子前摆弄了很久，我说很好看。

等了很久，学长终于来了，带着一箱橙子，依旧含蓄而害羞。我们围坐在一起，吃橙子、炸鸡，聊东聊西。那晚，学长终于把书带走了。

那次见面后，她就回老家过年了，我祝福她新年好。

她留给我的印象很深，我也很感谢她那几日能帮我忙。她是爽朗的北方人性格，又心地善良。我真心祝福她可以开心地过每一天，按心里的想法做出选择。

小野
2015.1.12

· 腊鱼的新故事

今天在路上拉板车的时候，我突然想到了她。

前天晚上她来我这，头发随意地扎着，很热心地帮我上茶、洗碗。她 2014 年 12 月从江西来厦门，现在在曾厝垵一家旅馆做义工。她说这两天是淡季，旅馆没什么事，晚上就来我这帮忙。

她第一次来，是在一周前，她和男友还有一个男生一起。很久之前，我在岛上就认识了那个男生，他在鼓浪屿的一家酒店工作。他们三人点了花蛤和腊鱼。席间，我一直在厨房做饭，没时间招呼他们，临走时才送他们到门口。她很开心，说要和大厨合影，我欣然答应。

那天她穿着大红的衣服，披着长发，看起来很美。

第二天，我收到了她 @ 小店的微博，配上了她拍的照片和我们的合影。

文字是这么写的：

深夜食堂，给你一个故事……怎么说，才是属于我的故事？我想，你，就是这个故事，欲说不能……

今日故事：他翻山越岭，不远千里来看我，来说明不合适。分手之约的夜，犹如你们食堂的熏鱼。我们吃了两筷子，却因为之前吃太饱而吃不下。确实好吃，想打包带走，最后，却发现还是忘记带走。

我问了她的年龄，她没说。她说，和男友异地谈了两年多，他是长沙人，一年只见面三四次，彼此感情都淡了。她说，那天没有歇斯底里。

选择写她，是因为她赋予了腊鱼另一个故事。记得 2014 年的夏天，我在鼓浪屿的海边，用荔枝 FM 录过一期电台节目——《谷酒腊鱼》。腊鱼是湘味，是家的味道。

以前吃腊鱼的时候，我都会想家，现在会想到这一段故事，它和我的故事有点像。

小野

2015.1.13

· 月饼还在睡觉

月饼是我养的第一只猫，它是鼓浪屿的猫。

我现在还记得把它从卢卡青旅抱回来的那天。一窝三只小猫，睡在大猫的怀里，我一眼就看见它了，很安静地在睡觉，前爪轻轻搭在脸上，可能是怕光吧。

“就这只吧！”我说。

“你还真会挑，它叫月饼，中秋节出生，一个月了。母的。特别乖。”前台回答我。

临走的时候，前台拿了一个很结实的纸箱，把它小心地放到里面，还送了一袋猫粮给我。前台和保洁阿姨都目送它出院子，我说以后会带它回娘家来看看。

从那以后，食堂的猫饭很受欢迎，每桌人都会点。它怕冷，总是扑到食客腿上蜷着睡觉，有时候“喵”两声，就能蹭点猫饭吃。因为那会我还没有准备猫窝，晚上就抱它上阁楼和我一起睡。它真的很乖，躲在被窝里，发出咕噜咕噜的打呼声。开始我以为它不舒服，后来上网查了才知道，那是它很舒服、很开心时才会发出的声音。有时候我半夜翻身，会把它压在身下，它就挪个位置继续睡。早上6点的时候，它会喵喵叫，我就把它抱下去，放到沙发上。它就屁颠屁颠地跑去猫砂里方便，然后开始挠沙发、磨爪子。

每晚我翻看食客留言本的时候，它就会很自觉地趴在我腿上，眼睛盯着本子上的黑线。偶尔我会回复留言，它也不闲着，用前爪挠我的钢笔。是的，它有严重的强迫症，看到动的东西，都要挠两下。在纸上滑动的钢笔，被风吹起的布帘，墙上脱胶的字画，无一例外。

后来，我收到了一位食客寄来的猫窝。刚打开包裹的时候，我还以为是只巨大的毛绒拖鞋。它很喜欢猫窝，一跃直接跳了进去，两只前爪不停地在毛绒垫子上按捏。从那天起，它每天睡在小窝里。我把猫粮碗放在旁边，那就是它的小领地。

它一直很瘦，只是身体长长了。原先吃猫粮的时候，它会在窝里伸个懒腰，再跳出来，蹲在碗边吃。现在呢，它可以不出猫窝，

深夜食堂
猫 饭

就把两只前爪伸出来，踩在碗沿上，伸长脖子吃，不过这样有时会打翻碗，让猫粮散落一地。

再长大点，它就开始探索窗外的世界。有一次，我意外地在院子里看到，它正安然地躺在外面摆花的桌上晒太阳。门是关着的，它怎么出去的？原来，它从厨房的窗台跳到外面的纸箱上，再落到地上。从那以后，只要是晴天，它都在院子里晒太阳。我怕它不见了，做了很多措施，不过都阻止不了它的脚步。

也罢，不过就是晒个太阳。

突然有一天晚上，它有两个小时没在屋子里出现，我在厨房里忙完出来，才发现它不见了，和大宝出去找了一圈，也没发现。在船屋的巷子里，我们依稀听到猫叫，是的，就是月饼！叫声是从巷子高高的围墙里传来的。大宝翻上一人多高的围墙，打着手电筒找，它站在树上一直喵喵叫。后来大宝费了很大功夫翻到围墙里，把它抱了出来。回去的时候，我打了它，很用力地抽它脑袋。回到家，它蜷在我腿上，毛发都湿了，很脏。

我轻轻摸它的头，它闭着眼。至于它是怎么出现在那么高的围墙里的，没有答案。

后来，每天晚上它都会出去遛遛，不过玩一会儿就回来了。直到前天，它消失了两个小时，我出去找了两次，无果。那晚很冷，下着毛毛雨。

昨天，下了一天大雨，它还是没回来。

此时，我还以为它就在窝里睡觉，以为它在院子里晒太阳，以为它又在倒腾猫砂……

小野

2015.1.14

·只有猫饭

他叫大海，我不知道他的真实名字。写微信备注的时候，他说自己叫大海。

他的城市和他的名字很相衬——烟台，一个海滨城市。

昨天，他在留言本上第一次写字，临走时到厨房告诉我："我在本上留言了，你应该能找到。"的确，太容易找了，我猜留言在本子最后面。来这儿的客人都是在本子上规规矩矩从头往后按顺序写，我从后面翻起，果然，他写了一大段留言。字虽然像小学生写的，不过看得出来是用心写的，很工整：

今天我是在上班时间偷跑出来的。我买的是1月28日的机票，不知道从现在到那天还能来几次，其实我有好几次都想来的，但是因为自己太懒了，不想动，就没来。

他第一次来是在一个多月前，大概是晚上9点多，背着背包，穿着帆布鞋，看起来很干净阳光。聊天中我知道，他和我是差不多时间来的鼓浪屿，他2月来旅游，当5月再次过来时，就在岛上找了份酒店的工作，一直到现在，大半年了。凑巧的是，他来鼓浪屿时，也住过岛上的揽海听风青旅，那天我们觉得世界好小。他很羡慕我的生活，挨个地欣赏墙上的字画，很惊奇地看着屋子里的每一件摆设。我一直觉得他是个小孩，小我2岁，精瘦的身体，穿得很单薄，让人很有保护的欲望。

那晚我写了两幅字给他，他说宿舍没地方放，先存我这。

过了几天，他带着一个男同事来了，点了猫饭。那天食堂很忙，我没有时间招待他们。他们也很理解，还主动来厨房帮我切菜、收拾碗筷。最后，我忘了把字给他。

再来，就是昨天了，他带着一个女同事。

我会三天两头地改变屋子里的格局，所以他进来的时候，发现布置不一样了。他记性挺好，知道这幅字换了，那个柜子搬了。他一直帮我做宣传，说很喜欢我这里，可就是很少来。他说，他要离开了，因为工作太闲了，他觉得忙一点好，年后可能在家待一段时间。

的确，现在鼓浪屿是淡季，很惨淡的淡季。因为船票涨价，直接导致游客数量下降，商业街很多店铺都歇业倒闭，酒店更是受影响。我只好沉默不语，对他笑笑。

今天他休息，晚上来帮我端茶倒水，很是勤快。空闲的时候，他会在书桌那里写写毛笔字，写好了还拿到厨房给我看看。他写了“烟台”二字，想把它们钉在墙上、连个红线。我一看，“烟”字少一横，我说，这不是“囚”字么？最后他还是没有带走那两幅字，说没有地方放。我说好吧，等你要走了，再来拿也不迟。

他在我这，只吃猫饭。

猫饭是来我这儿的客人都会点的，每份味道一样，但是每个人吃，都会有不一样的感受吧！其实我和他一样，都是外乡人在鼓浪屿的一个过客，这里有我们最美好的年华，最浪漫的回忆，我们都很喜欢这个小岛。只是，他比我先离开，而我，还将在这个“囚”岛，承担自己所做决定的后果。

祝愿他，可以有个好归宿，继续快乐地生活。

小野

2015.1.15

· 任性的花蛤

她们是我见到过的最任性的一对母女。

第一次来时，因为店里已经来了一些客人，她们只能在门口的小桌相对而坐。板凳很矮，加上人太多，我也顾不过来，所以她们点菜的时候不是很友好，说话大声且有点刁钻。她们想吃花蛤，但是已经卖完了，只好吃了炒饭和猪排饭。吃完买单的时候，女儿要妈妈付钱，妈妈要女儿付款，争执了一会儿，最后各付了各的。

第二天，她一个人来的，没见她妈妈。因为店里坐满了客人，她就坐在书桌那，点了花蛤，说要打包带走。客人太多，我有点忙不过来，但是其间她一直在找我点这要那，我也只能应付着回答，

深夜食堂

辣炒花蛤

最后好不容易做好，让她带走了。

第三天，她又来了，一个人坐在门口的小桌，点了花蛤。其间得空聊了一会儿，原来她妈妈那天生气了，貌似因为白天在路上，妈妈放音乐的声音比较大，她说了几句。就这样，她妈妈一个人出去逛，说晚上也不回旅馆。她那天有点着急，看得出来她担心妈妈。那天我也知道了她是武汉人，现在在学医。

那天，她在留言本上写了一段话：

其实上岛之前，我以为我不会来到深夜食堂，毕竟深夜“食”对减肥太不利了。没想到这里竟然是我在岛上来的最多的地儿。第一天是和妈妈一起来的，感觉自己是一名不太好的食客，又麻烦，说话也不客气，和环境各种不搭。回去之后，我觉得挺惭愧的，所以第二天，妈妈想吃炒花甲，我就又跑出来买了。今天在外面瞎逛，我差点儿迷路，出洞后又找到了这里，这儿真是个神奇的地方，自从第一次走错路，来到这儿，每一天都想过来。可惜好的时间总是太少，我马上就得出岛，去面对厚厚的医学课本。希望自己以后还能回来，长长地待在岛上。最后，真羡慕老板的生活态度，希望下次再来，这儿还是这样。

2015.1.15

第四天，她又来了，带着一大堆明信片。这次仍然是一个人，又和妈妈吵架了。她坐在门口的小桌旁，默默地写着明信片，写了两个小时。她还是惦记着妈妈，要了一份花蛤带回旅馆，又折回我这里继续写明信片。她说自己“太作死了”，发了一条到厦门旅游的朋友圈，要大家报给她地址，她回寄明信片，结果最后有一大堆要写，晚上乏了还得写。我也只好笑了两声作为回应。那一天，她一直写到晚上 12 点半，最后我们告别。

很任性的母女，也是充满爱的母女。希望她们可以好好享受现在，给自己减负，精简自己的生活。

小野
2015.1.29

· 抄经的女人

她刚走，留下了她抄写的一张《心经》。

最近来吃饭的客人特别多，当然，这不算好事。晚上6点我开始营业，一直到8点，这两个小时期间，三桌都是满的，外面还有几桌要排队。我想，他们大概都不知道什么是深夜食堂吧，只是知道这家店在美食点评网里分数很高。

我没学过厨艺，也没去日本感受过真正的日本料理。问我为什么要开这家店？因为我想在鼓浪屿待下去。猫饭就是米饭上面加木

「深夜食堂
嘿板報」
放下手机
和他聊天吧!

鱼花，为什么要 20 元一碗？因为我要让小店经营下去。那猫饭的成本是多少呢？不到 2 元钱。

“老板，桌上的字卖么？”

“不卖，随便拿，喜欢带走。”

“老板，你这里生意这么好，是不是应该扩大下店面啊？”

“没想过，我觉得小小的挺好。”

深夜食堂，是边吃边聊的小店，小小的，舒服而温暖。这里没有名贵的食材，没有大厨的做法，啤酒每人仅限 1 瓶，可以随意和邻桌的食客聊天。有酒、有花、有茶、有字、有画，还有音乐。很可惜，很多人吃完就需要马上腾位置给后面的人，来不及聊天，来不及写字，来不及……

今天打烊的时间比往常更早。9 点不到，我准备的食材就被吃空了。昨天是 10 点。

“为什么不多准备点食材？”

“因为我一个人精力有限，食材多了我会很累。”

“为什么不白天开？”

“白天的时间要留给自己，晒太阳、想事情。”

他们来的时候是 9 点，一对情侣。店里还有一桌客人。我当时

禪

正在厨房洗碗，她看到我贴在墙上“免费抄写《心经》”的纸，问我可不可以抄写，我马上出来，拿了一张描红的《心经》给她，又递给她一支金色的笔。她说她想用钢笔，于是我又给她一支黑色钢笔。她坐在书案前，开始抄写。

后来，那一桌客人买单走了，我把碗也洗完了，出来看见她抄得很认真，一笔一画地在写字。我回到厨房，做了一碗番茄鸡蛋面端过去，她的男友是东北人，大口吃了起来，想着是饿了。他要她过去吃一点，她说“你先吃吧”。

她继续在抄。

他吃完了面，和我聊天。他们从香港来，她从厦大毕业刚两年，这次过来看看母校。她说小时候家里强迫她上书法课，被逼着学了四年书法。她问我学了几年，我说家里穷，上不起书法课，自己在家瞎写的。其间，他问她要不要回酒店，她说等抄完。他说带回去抄吧，她说回去了就不会抄了。

大约过了一个多小时，她抄完了。我说，你带回去留着吧，她说：“放这里吧，带回去就不知道弄到哪里去了，放你这，可以多保留几天。”

这张《心经》会等到有缘人带走的。我很欢迎大家来小店抄写《心经》，我提供纸笔和安静的屋子。

小野
2015.2.10

·我用拼音代替字

这一家三口很有意思。他们第一次来吃饭是在大年初一的中午，后来一连三天都来我这吃饭，说是这里安静、吃得饱。

他们是回族人，北京“土著”。女孩读小学一年级，但是说话很有主见。爸爸呢，比我大 18 岁，看起来却像个 80 后。他们三天都点一样的食物，女孩吃胡椒炒饭，爸爸吃猫饭，妈妈吃黄油拌饭，再加一盆炖土鸡、一碗青菜、一盘花甲。

第一天，女孩在留言本上画了一些花和一棵树，似乎这些是儿童画的必备元素。有意思的是爸爸的配字：“一花一世界，一木一浮生；一屿一自在，一堂一无常。”

初二那天，他们一切照常。只是我炒的炒饭辣了一点，女孩有点不适应。我在厨房听到她咳嗽了几声，后来看留言本，我才知道发生了什么。

“今天我 sang 子里 qia 了一个米 li，我妈妈 xia 的休 ke 了。米 li 喷我爸 lian 上了。——2015 年 chu 2”

她还小，很多字不会写，所以用拼音代替了。旁边是她的自画像，长头发，戴着花环，很开心的样子。

第三天中午，他们提着很多行李来了，吃完就告别了。临走时，女孩告诉我，炒饭要少放一点辣椒。

再见，幸福的三口之家。

小野
2015.3.1

· 一位北京的姑娘

大年初一，我见到了两位来自北京的姑娘。她们在钢琴旁的那一桌相对而坐，点了红色香肠。因为春节期间没有留食材，所以很遗憾，她们没能吃到想吃的，不过似乎对猫饭还挺满意。

我跟着cc来的，是她先发现的这家店，也因此认识了这位纯朴善良的小哥。本人乃深夜食堂“死忠粉”，今日有缘结识同好，万分激动！可惜没有尝到剧中特别有名的章鱼红香肠，不过猫饭是真的很不错。（我也在家自制过，木鱼花粘在一起了，囧！）希望下次来能有那款改良版本的鸡蛋烧！欧一喜，阿力咖多！

——来自北京的彬彬

她们临走时，说要寄书给我，于是在前天，我收到了一大箱书，还有一封信。

Hi，小野君：

还记得去过你店里的两个北京姑娘吗？后来她们还加了你的微信。我来兑现我的诺言了，箱子里的书请查收。希望能让更多的来到鼓浪屿的食客，抑或是你，或者只是路过的人读到一些好书。不用感谢我。（免费炒饭券我要记在小本子上。）

我是京东图书部的一员，我热爱我的部门，热爱我的工作，发自内心地希望大家多阅读。不过，因为工作问题，这个月我就会离开这个我热爱了三年多的地方。有太多的不舍，也许这箱书是我能为图书部做的最后一件事。我有一个小请求，不知道可不可以把京东微信的二维码挂在书架的墙上，或者只让它露出一点点，可以让人不经意地看到，就够了！

一位北京的姑娘敬上

2015.3.3

对于你的敬业，我很感动，热爱自己的工作，我想这是很难的吧。非常感谢你捐的书，现在它们全部摆放在食客方便取阅的地方，而且大家在等餐的时候，都会顺手翻阅。我睡前也会看看，最近在看《有些路，只能一个人走》。其中“先安己心，才能安人”对我很有启发。

谢谢你为深夜食堂做的。我能做的，就是记录这个故事，并且传播你热爱的“京东图书音像”。谢谢你，北京的一位叫彬彬的姑娘。

小野
2015.3.8

· Will you marry me? Yes, I do!!!

2015 年 3 月 27 日，石油大叔求婚成功。

他们这是第二次来深夜食堂了，第一次大概是在三个月前，坐在钢琴边的那一桌。他们回广州以后，石油大叔关注了食堂的微信平台，有时候会给我留言。我一直以为他是在做石油方面的工作，后来才知道，是因为他比较黑，所以大家都叫他“石油”。

前几天，他在微信平台留言，告诉我马上又要来厦门了，是来求婚的。他想要我亲手递上一张明信片给她，我非常乐意地答应了。

26 日晚上，石油大叔提前来我这里做准备，说女朋友明天下午

4 点会来店里，要我亲手把明信片交给她。他还顺带要我写了一幅字，一起送上。我写的是——

时间不曾为谁停留，唯爱让你我结果。

他设计了好几个地点，都是他们之前来厦门很喜欢的几个地方：轮渡旁边的必胜客、北屿酒店、如真照相馆……每一个地方都准备了一张明信片，让她寻宝，最后到海边的菽庄花园会合，然后求婚。

求婚当天，我很紧张，生怕自己出错。我下午 3 点多就在等，他先到了，给我事先写好的明信片，然后就匆匆赶往下一个地方。

To 快快：

知道你很喜欢深夜食堂，可能因为老板是长沙的，而且有你喜欢的腊肉，也可能是因为这里静静的环境。

我喜欢这里，是因为老板是一个有故事的人，而每个人的留言，也是一个故事。我跟你以前各自有很多故事，我喜欢在这里留下和创造我们的故事。

如真照相馆有挂着我们的明信片哦，去看看。

下午 5 点，她姗姗来迟。当我把明信片和那幅字给她的时候，她哭了。

那晚 11 点，他们一起来了，求婚成功。我很荣幸能参与其中，并深深地感受到爱的力量。

最后，我写了一幅合婚庚帖送给他们，两人签字、按手印，一切显得平淡而真实。临走时，他们告诉我，6 月会再来拍婚纱照，我很乐意邀请他们来深夜食堂取景。那么，我们 6 月再见！

那天我哭了两次，在我等待他们到来时，我写了一段话：

每天睁开眼能看见懒猫就很开心，卷起竹帘，光影斑驳也好，淅沥小雨也好，都觉得很美。师父说，爱是一切的解答，我现在还没有完全理解。我知道，爱是养分和灵感，不是索取，不是想要，而是想给。想和你说声晚安，想问你在干吗，默默地祝福你平安健康。

写完我就哭了。当我看到那张明信片时，我又哭了。

去年 5 月，我在鼓浪屿也写过一封信，藏在月光岩石下，等待一个人去找寻。后来，那封信确实不见了，但不是那个人拿的。

相遇在天，相守在人。愿大家心里都充满爱。

小野
2015.3.30

·第一次和别人换画

“这是我第一次和别人换画，很开心。”

他们是从天津来的一对小情侣，马上就要毕业了。和其他客人一样，他们坐下来以后，打量着新环境，小声地聊着什么。给他们上了茶水后，我就去厨房了。

再出来时，看见男生一手拿着相机，一手在留言本上画着什么。我当时问他：“你们是做设计的么？”他回答：“是啊。”

其间，他们一边吃着，一边逗猫，一边画着，安静美好。

待我再过来看时，他差不多画好了。我一看，就知道画的是龙

头路去年刚修好的一栋楼，门窗、洞口都用水泥做了立体雕花，装饰得很漂亮。

当时我很激动，悄悄地把墙上一幅画取了下来，拿到厨房。画框里的，是我去年在鼓浪屿黄家花园写生时作的一张画。我第一次见这栋别墅时，就被它的精美所震撼。因为去之前，我看过关于别墅建造者黄奕住早年白手起家的故事。当走进大花园的时候，我感慨良多。那天下午，我就坐在中庭喷泉的石围栏上画了这幅画。

我小心地把画从框里取出来，拿到他们面前，双手送上。他们很吃惊，表示非常感谢。我说：“你留了一幅画给我，我也回送你一张。”

后来我知道，这是他第一次和别人换画，很开心。

小野
2015.5.1

·Y、Z 和我

Z

我们是他来我这吃饭时认识的。第一次他和一个朋友来，想吃腊肉，结果卖完了，就走了。第二次他是一个人来的，坐在门口的小桌，点了份小红肠。从他进门，我就猜到他是在岛上工作的。其间客人不断，我在厨房心心念念，想着待会要和他聊一会儿，希望他不要早走。等我忙完，大概是一个小时后了。我平静地坐在他对面，问他是不是在岛上工作。

他说：“你怎么知道？”

“直觉。”

“我之前听很多朋友说过深夜食堂，那天和朋友刚好路过，就好奇进来看看，结果腊肉卖完了，我们就走了。今天上班的时候，我心里一直惦记着你这，就过来了。上次因为我刚好上班，就错过了你的分享会。”

我才知道，他也报名了上次分享会，但是没有来。

那天我们一边喝酒，一边聊各自的经历，说到了凌晨2点，我们都很开心。

Y

今天刚知道她的名字里有个“燕”字，她说皈依的时候，师父给她取名“如验”，所以我就用Y代替她吧。

今天是第一次拜访Y，她住在鼓浪屿龙头路闹市街。进入她的屋子时，我很惊讶。复古的欧式装修风格，屋子里全是画板画材，几个大桌子上堆满了各种书和笔，墙上是她的钢笔画作品，阳台上种满了花。在阳光的照射下，整个屋子显得特别美好。这里有我渴望的木质大工作台，有宽敞的厨房。我想，这才是生活，艺术家的生活。

“这是我一个好朋友的房子，友情赞助给我独居了。”她介绍说。

我仔细欣赏着周围的一切，就想静静地感受这个空间。

而后，我们对坐在欧式沙发椅上，泡红茶，聊天，身边放着舒缓的音乐。窗外云卷云舒，让屋子里产生了忽明忽暗的光影效果。

“前两天在五台山旅行的时候，心里就一直惦记着你这里。可能是因为看到你在微信朋友圈卖你以前的画，我就想你应该是遇到什么困难了吧？”我问她。

“最近想学国画，在筹集学费，不过还差很多。”

“把画卖出去，你会心疼吗？”我问。

“不会啊。我现在没有工作，卖画才有经济来源。平时也有一些朋友借钱给我，我现在欠了很多债。前两天卖了几张画，全还债了。”

“现在的生活状态，你喜欢吗？”

“就这样吧，现在的生活可能比较适合我吧。”

其间，她去烧水换茶，我悄悄放了四百元在茶盘底下，心里忐忑不安。这是我今天来拜访她的目的，还带着一包在山西买的小米。我怕直接给她，她不收。

“今天来你这，我感觉像朝圣。其实我早就知道你了，我在路上见过你春节时在赵小姐红茶馆办画展的海报，不过当时画展已经结束了。后来你来我的分享会，我很吃惊。”

“我听朋友说起这个分享会，看到深夜食堂，觉得很有意思。以后晚上找地方吃饭，再去看看。”她回我。

“你是 2012 年来的厦门？”

“2010 年吧，在此期间断断续续在厦门，去年开始住在现在这个地方。之前在画室当老师，一年前开始没有工作了，就想全心开始创作。”

不知不觉，聊了四个多小时，到了下午3点半，我说我该走了，要去菜场买菜，准备晚上的食材。走了之后，我发了消息给她：“茶盘下有东西，供养你的。”她回我：“哈哈。”

扇　面

“我想和我女朋友表白，想写点东西送她，可我字写得不好，你帮我写吧？”Z问我。

半夜，我们在外面吃烧烤，喝了点酒。可我酒量不行，一点白酒就“晕乎”了。

“好啊，那就给你写个扇子吧，送人好看些。”我回他。

“真的假的，太受宠若惊了！”Z瞪着眼睛看我。

“真的。”

第三天，我写了把扇子给他，正面诗：“平生不会相思，才会相思，便害相思。身似浮云，心如飞絮，气若游丝。空一缕余香在此，盼千金游子何之。症候来时，正是何时，灯半昏时，月半明时。”反面是一幅水墨荷花图。

“这就是传家宝了，我看这事一定成了！”他兴奋得手都抖了。

我没问过Z来鼓浪屿之前的事情，他之前大概在北京做音乐。

后来在寺院待过一段时间，比我稍晚两个月来的鼓浪屿。我们都信佛，喜欢安静。他一直说深夜食堂是鼓浪屿的一片净土。

我从山西回来的第二天，他就来我这了。

“五台山好玩吗？”他问。

“挺好的。你知道Y吗，我最近老是想到她，想去看看她。”

“不认识。”他回我。

“她也在分享会的群里，一个人默默地在岛上坚持画画，我很佩服她。最近看她在朋友圈里卖画，估计遇到困难了，想去看看。”

“是吗？哪天去，叫上我一起。”

“明天吧，上午十点我给你发短信。”我答应他。

后来呢，我睡到十一点，也没约Y，也没回复Z。

灯　笼

“出这个灯。2014年10月创建深夜食堂时所作。底部绘有11朵莲花，侧面书有《爱莲说》的诗句。底价55元，想要的朋友报价格。”这是我昨晚发在朋友圈的消息，配上了几张灯笼的图片。

我之前在大学卖过一次画，一张国画写生。这是我来鼓浪屿后第一次拍卖自己的画。这个灯陪伴了我半年，见证了深夜食堂的从无到有，说实话心里会有不舍。卖灯不是因为缺钱，是我想把卖灯的钱给Y。我觉得用Y的形式来完成这件事，会好些。

五分钟之后，价格跳到 100 元。

这时候 Z 评论了“+20”。

不一会儿，价格跳到 300 元。

Z 紧跟着，“+50”。

直到零点拍卖结束，Z 拿下了这只灯笼，“366 元”。

我很感恩，有这么多人支持，并且愿意买我的画。当然，我没想到最后 Z 会买走它。

零点二分，我转了 366 元给 Y 的微信账户。

她马上退回给我，说：“你转错了吧。”

“这是刚卖灯的钱，你就收着吧。”

“我没有微信支付。”

“那支付宝转给你吧。”

“也没有支付宝。”

……

“我明天去你那喝茶，带我买的小米。”

“好啊，就带小米来吧。”

于是，就有了前文我去拜访 Y 的故事。

聊天中，Y 换了一泡茶，很放松地坐在我对面。

“其实有个人想和我一起来你这儿的，不过我这次没叫他。”我说道。

“谁啊？”Y 问我。

“Z，之前也要来参加我的分享会，因为工作，错过了。我和他说过你，他很想认识你。”

“哦，不太知道这个人。”

“你们会有机会认识的。”我说道。

今天阳光很好，我觉得你是另一个我，静静的，很美好。

我感恩在鼓浪屿的每一天，谢谢有你们在我的生命里出现。

Z，谢谢你买下我的灯，让我帮助到 Y。

Y，认识你是我的福报，闭关创作也要注意身体。

我想，你们现在也认识了，有机会我们一起喝茶吧？

小野
2015.5.3

·打烊后的故事

送走最后一桌客人，已经是晚上 12 点半了，我赤身站在淋浴喷头下，感受水滑过身体的利落。想到刚刚客人说的话，我开始思考。

最近打烊的时间提前了。每天 6 点到 9 点，准备的菜就差不多卖完了，10 点打烊已经成为不成文的惯例。今天亦是，10 点就早早关了门。

洗完碗筷，收拾好屋子，自己坐下来泡了碗茶。正在喝，就听到有人敲门。

“老板！”

……

一般这时候，敲门的人会默默离开。

“有人吗？”外面的人又继续敲门。

起身打开门，我告诉他们：“不好意思，已经打烊了。周末人多，食材都卖完了。”

我扫了一眼，看到五个人站在门外，一脸的无奈和焦急。

最年长的大叔说话了：“那就让我们进去看一眼吧，走了这么远，好不容易找到的。”

……

“好吧，进来吧。”

他们开始打量这个屋子。我想，都进来了，就喝泡茶吧。

“坐吧，一起喝泡茶。”

“好啊，有茶喝也不错。”大叔说。

我去厨房烧水的时候，顺便煮了一锅饭，想着给他们做个猫饭和黄油拌饭。

回来坐下，才发现是两拨客人，其中有一对情侣，另外三个是一家人，大叔和儿子儿媳。

喝茶聊天中我才知道，原来那对情侣已经是夫妻了，小孩有两岁多了，他们把孩子给父母带，两个人来鼓浪屿过二人世界。大叔一家人应该是从北京来的，进来后一直在说北京的事，儿媳说在酒店刚哄完宝宝睡觉，就过来找吃的。

“老板很静啊，不像是这个年纪该有的沉稳。”大叔说。

我笑笑。

“刚才你们在说话，我就注意到老板静静地坐在那儿听，很安静。”大叔继续讲，“有练过功吧？”

“大学有学过太极，会一点点。”我答。

“这屋子里的字都是你写的？估计有十年工夫了吧？”

“我从小就喜欢写，后来断过，来鼓浪屿后就每天写字了。因为很闲，只好写字打发时间。”

这时候，大叔把随身带的扇子给我看，一打开，上面绘的是两条锦鲤，后面书有“吉祥如意”。

“很好看。”我说。

“这画挺好的，我不懂这些东西，看着挺好看，就是好。”大叔笑着说。

刚好前几日我也给爸妈抄了一份经书，还没来得及寄回家，就拿出来给大叔看。

展开手卷，大叔小心翼翼地拿着，凑近看，说：“这就难为我了。”

“怎么了？”我问。

“我这眼睛不好使了，笔画多的就看不清了。”大叔回我，“这个看着颜色有点淡啊。”

“这个是用血写的。”我回他。

“你自己的血？”大叔很吃惊。

“是，血书《心经》功德大，送给爸妈。”

“是，可是你爸妈会愿意接受吗？我想不会，我是不希望我的小孩做这个事的。”大叔顿时很严肃。

我顿时不知说什么。

“孩子啊，你有这份心意就很好了，爸妈都希望小孩好好的，你以后就会知道的。”我看到大叔眼睛红了，我当时确实感受到了什么。

后来，我去厨房盛饭，做了猫饭和黄油拌饭端出来。大家很开心，吃得也很香。

大叔临走时，对我伸出右手，说：“冲你这份孝心，我要和你握手。”

我连忙伸出手，说：“谢谢！”

“祝你生意兴隆。”他们一家人对我说。

“谢谢，你们慢走。”

水打在头上，然后滑过脸，滴在胸口上。我想，用血抄经，听起来很震撼，别人会觉得我很孝顺，可是用墨抄，也是一样有功德的，只是表现形式不一样而已。对物质不执着，似流水，不局限于抄经的纸张、墨色、印泥，不讲究形式。

我做这件事，确实会给父母带来一定的困扰。但我希望我做的事，尽量不让他人产生困扰和纠结。近几日看到“在寺院，俗众不要穿露肩露腿的衣服”“在公众场合，喷香水的恶报”之类的标语，我想也是此意。

我一直不希望深夜故事里有“大道理”之类的文字出现，我就想平实简单地记录所发生的一切，而我现在所写的，是不是与此相违背？

转念一想，此刻这些确实是我所想，我也在如实地记录。很久没有写故事了，今天啰嗦了几句，希望此文没有给你造成太大困扰。深夜能遇上大叔，很幸运，也很感恩。

小野
2015.6.6

· 七个西安的“小鲜肉”

分别时有不舍，但我相信，还会再见到你们。

最近毕业季，每天都有一大群“小鲜肉”来袭，一桌六七个，我显然招架不住，9 点半就基本打烊了。前天晚上他们就是在这个时间来的，一行有七个人。一看就知道是高三毕业生，我没忍心打发他们走，咬咬牙就接了他们这最后一桌。

等饭期间，他们都在打量这个屋子，先看到有 Y 小姐的明信片出售，于是他们每人买了一套，拿笔在桌上写着，后来发现有提供《心经》的抄写工具，于是有几个就到一边抄《心经》去了。他们说高考完就没有拿笔写过字了。七个人在屋子里写字的情景，像极了一群同学在抄作业。我以为他们是文科生，后来他们说七个人都是理科生，有情怀的那种。

饭毕，他们又继续写留言、明信片，抄经，我坐在一边有一句没一句地回答着他们的问题，关于大学，关于爱情，关于我现在的生活……时间到了零点，他们也准备走了，有个男生说《心经》没抄完，明天继续过来写。我说好。

第二天晚上 9 点，屋子里依旧塞满了客人，那个男生和一个女生先来了，看到屋子满了，他就说出去逛逛，待会再来。我说其他人呢？他说在酒吧。

大约过了一个小时，那个男生和另一个男生过来了，说其他人不过来了。这时候，屋子里只剩两个女生在吃饭。他继续抄《心经》，另一个男生在看留言本。我在厨房洗碗收拾，想着待会和他们喝茶聊天。等我烧好水准备泡茶，他们两个说不喝了，要去酒吧接其他人回酒店。

我笑笑说，喝了再去吧。

于是我泡茶给他们喝，其间聊鼓浪屿的建筑，聊小店。喝到一半，又来了三个从酒吧出来的女生，我拿出杯子，大家围坐一桌，聊着他们心里担心的问题：专业、就业、生活。

喝了两轮茶后，我打算写几个字送给他们，其中一个女生说：“我想写‘相遇在天，相守在人’。我看了你写在留言本里的那段话，说爱是给予，不是索取，觉得很感动。”我问她：“你还没有谈过朋友吧？”她说没有。我笑笑。

临走时，他们有些不舍。我对抄《心经》的男生说，你以后可以来做义工。关门收拾屋子的时候，我发现花瓶下面压着两张明信片，一看，是留给我的。

同行的人不识我，我也不愿说，但在这异乡，我仍愿有一人听得我的心声。老板，不管你是否愿意，这一张留给你。我不是一个好的学生，高中三年干遍了我能想到的坏事，但我其实早已醒悟。对这三年的事，我不后悔，若不是这样，我想我可能度过的是与我同行六人那样索然无味的青春。他们六个都是“学霸”，我只是与其中一人熟，而我会选择与他们同行，只是想感受下可能的生活。

不知为什么，在你这，我总有一种想流泪的冲动。高中三年，在家长、老师眼里，我不是个好孩子、好学生。我活了 17 年，我没有谈过恋爱，仍尊老爱幼，我只是想说，我的本性仍是很好的。老板，我不知道你看到这些想说什么，但我还是希望可以有回信，回信和这张明信片一起留着。今年冬天再见。

2015.6.16

看完我就猜到是那个女生写的，她瘦高个子，看起来很独立。这两天她都来了，但是会一个人去院子待一会，现在想来，应该是出去写这张明信片了。当我看完这段文字，我一下子就想到了自己的高中生活。我想，那时的生活应该属于“歧途”吧。我经常反思自己，但从不会后悔。我感恩，也庆幸自己始终保持着干净的心。

这就是真实的我，乐意倾听大家的故事。

小野
2015.6.18

后记:

时隔三年，算来你们也都读大三了，我也离开了与你们相识的海岛鼓浪屿。不知道你们是否在实现理想的路上呢?或者有没有体验到爱的感觉?回想我的经历，过去读书时的“坏学生”往往最重情义，毕业后都能迅速融入社会，占得一席之地。不知道最后给我留明信片的女生现在过得好吗?又到了毕业季，想到了你们!

相遇在天，相守在人，希望有机会能再见到你们，倾听你们这几年美好的大学时光。当然，也可以直接写信给我，小野哥会收到并回复你们的书信。

小野
2018.5.27

· 义工小强

小强，是深夜食堂的第一个全职义工。今年 3 月，隔壁青旅老板来我这，问我招不招工，我说好啊。

那天上午他来的时候，我正好在洗澡，让他在外面院子里等了一会儿。我穿了一身白色麻衣，打开门叫他进来。他后来说，第一次见我时，觉得我的穿着很奇怪。

他和我差不多大，潮汕人，长得挺帅，如果打扮收拾一下应该会有很高的回头率。聊天之后，我知道了他是过来旅游的，想在鼓浪屿待一段时间，所以想找个义工的活儿。他看起来很沉稳，带着忧郁的感觉。就这样，我让他收拾了行李，搬了过来，和我一起睡阁楼。阁楼由木板隔成两半，一人一边。

第二天他起得很早，很勤快地收拾厨房、打扫卫生，此后他每天也都是这么做的。刚开始我还不习惯，因为我都是睡到自然醒，没个准点。后来也就随他去做，而我照样睡到自然醒。不过令人惊喜的是，他早上做早餐时也会给我做一份，让我很是感动。

那段时间，买菜备菜、切菜上菜、收碗洗碗之类的活，有了他的帮忙，我也轻松了很多。偶尔会有客人说，这个义工很帅啊。有时候晚上结束营业了，我会抄经，他也会看看，听着我放的音乐，有一句没一句地和我聊着。听到好听的音乐时，他会问我这是什么歌，其中有一首《敦煌》，他很喜欢。

有一晚，他和我聊他以前的生活。他喜欢唱歌，喜欢音乐；之前做过很多工作，很小的时候就开始出来闯荡了；家里的条件不太好，他身体也比较弱，似乎还欠了一些债之类。那天我抄的《心经》就送给他了，我说以后用得上。

大概待了一个多月，有一天他告诉我，想换个工作环境。我说好。他说这个，我一点也不意外，他是很有个性的，有自己的想法。接下来的几天，他出去找工作，最后找到了一家旅馆做前台工作。我很开心他能找到自己中意的选择。

而后的两个月，他又来过两次，都是坐在我这抄《心经》。虽然字迹很潦草，不过能感觉得到他抄完之后心情好了很多，他说在我这抄经比较有感觉。

后来，他偶尔会带住店的客人来我这吃饭，不过看得出他介绍的客人都是经过他选择的，他说不敢带太吵的客人来食堂，怕扰了这里的清净。

今天他来的时候，刚下过一阵大雨，没有客人，我一个人在喝茶。不用想也知道，他有心事。我招呼他坐下，一起喝茶，也没问他有什么事。

他说，这个茶喝起来很特别。

我说，喝茶，不需要很贵重的茶器，不讲究茶叶的贵贱，只要能解渴，能滋润我们的身体就好。平时白天我就一个人喝茶，很舒服。

他说最近喜欢关于佛的东西，想要一串佛珠，但是又不想要鼓浪屿随处可见的地摊货，问我去寺庙时有没有求过这类物件。

我把我的一串念珠给了他，告诉他这是普通的鸡翅木，不是什么贵重的木头，不过我也用了一年多了，是我从武汉带来的。念珠是工具，打坐、静心的时候可以用。

他收下了，说心烦的时候，会想到我这里抄经，还说希望以后有机会能和我说说他的故事。我笑笑。我心里知道，他以后会有作为的，我也很开心他能一直坚持心里的东西。

他问我会不会有感觉很奇怪的时候，比如一个人待久了会觉得闷。

我说当然会，前段时间我就感觉我自己很自闭，不想和客人讲话，就想一个人待在食堂，听音乐喝茶，享受一个人的时间，所以有时我会不定期休业，出去走走。

我告诉他，这是一个阶段，不同的阶段有不同的生活状态。一个人心里有想法要去实现的时候，会消耗自己的能量，不管事大事小，都要尽量保证自己的状态比较好，太劳累也不好。有些事情你可以促使它提前发生，不过那样会消耗太多的能量，当然，也不是说这样不好，只能说人们各自有各自的使命。

今晚他问了很多问题，我都回答了他。我想，其实我在深夜食堂认识的人，都是这里的一个个故事，也都可以写成故事。生活在继续，故事仍未完。窗外的雨又开始泼了，今晚可以睡个好觉。

小野
2015.8.24

· 食堂有芳邻

神神叨叨的阿婆

这是一个酝酿了很久的漫长的故事，并且一直在延续……

如果你来过深夜食堂，在傍晚时分应该会见到一个白发阿婆在食堂外的小院子里散步或坐着看天空，她会非常热情地给你指路，告诉你上台阶就是吃饭的地方，如果你不幸在外面排队等饭，她就会和你聊天，一直聊……

神神叨叨的阿婆，是我的房东之一，更是我的亲人。

为什么选择现在写邻居阿婆呢？昨天居委会的小哥过来走访，大意是说这栋楼将要被拆除，具体时间还没定，只是先通知楼里的居民做准备。当然，深夜食堂也将随着拆迁关门，这也是后话了。

因此，我想记录下在这楼里的生活，这也是食堂的一部分。

2014 年 3 月，我初到厦门旅游，在两天短暂的时间里，我对鼓浪屿产生了不舍，这让我一个月后毅然辞去深圳的工作，开始了所谓的“创业”。我当时的想法就是在鼓浪屿这个步行岛做游客行李托运，帮客人送行李到酒店。4 月我再次来到鼓浪屿，想要租个门面。在三丘田码头附近六百米的区域内反复走了一整天无果，我便坐在鼓新路 46 号门口的台阶上休息。见一楼有个阿婆倚在窗台上对外张望，我便赶紧过去，在窗户下询问，是否有房子出租。她大概是听不懂，没回应。我重复了一遍，她笑着说没有。我觉得这就是救命稻草，我说：“五千一个月租吗？”

她听到了，探过头问：“你说多少？”

“五千。”

她起身，打手势示意我从旁边台阶上去，进屋聊。

我进门，在采光很好的客厅里坐下。她找了半天，在冰箱里拿出几块黄黄的米糕给我吃。桌上放着一个铝制热水瓶，一个不锈钢大水杯。她又找了一个小杯子放在桌上，从冰箱里拿出一包金色的压缩茶包，泡了一杯茶给我。我接过了，但不太敢喝，因为感觉杯子很久没用过，脏脏的。

我直接说，您这房子可以租么？她笑笑。我说你觉得多少可以租给我？她说不知道。我大概说明了一下情况，因为这里离码头近，我想用这房子做仓库。她犹豫了下，开始找东西。找到一个电话本后，她打了一个电话出去，说着我听不懂的闽南语。过了一会儿，来了一个稍微年轻点的阿婆，打扮得很干练，很客气地问我的情况。她告诉我，她们经常一起打麻将，阿婆已经 82 岁了，又说我和她的孙子一般大。我吃了一惊，她身体这么好，看起来就 70 岁的感觉。她们俩坐在一起聊了一会儿，年轻的阿婆说，差不多要一千八一个月。我一听很开心，因为我的预估价是五千。阿婆连忙说，不用，太多了。年轻的阿婆说，要的，现在鼓浪屿租房的价格都涨了。我说就一千八，我下个月过来签合同。

5 月从武汉来厦门之前，我给阿婆打了电话，告诉她我到鼓浪屿的具体时间。当天我到阿婆家里，她照常在冰箱里拿茶包泡给我喝，告诉我她女儿从美国寄了西洋参给她。她说等会她二媳妇会过来看她，我说好。

等了一会儿，媳妇来了，进门就很聒噪，打扮得很洋气，带进来一股香水味。坐下后，她跷着二郎腿问我情况，我大致说了一下。她说要两千五，这是个黄金位置。我说好。她吃了桌上的一块米糕，喝了点水，就说约了朋友要去市区，先走了。她走了，阿婆的眼睛红红的。

阿婆说，她有三个儿子，一个女儿，女儿嫁到美国去了；大儿子现在住在对面厦门，住楼房，房子很大；二儿子几年前去世了，生前是木匠。她指着屋子里的柜子说，这都是二儿子做的，很经用。二儿子很勤劳，买了三房两厅的新房子，人都搬进去住了，可后来他却没了。三儿子是更早之前去世的，阿婆的丈夫五年前也去世了。她说的时候控制不住，哭了出来。她现在洗衣、做饭都不会，煮饭放多少米，放多少水，都不知道，因为之前都是丈夫在做事，内外大小事都是他做的。丈夫之前在鼓浪屿二中当语文老师，教书写字，很能干。他是鼓浪屿人，一直生活在鼓浪屿。

阿婆十八岁时从惠安嫁到鼓浪屿，当时家里人都反对，因为那时厦门沦陷，每天被炮轰。阿婆坚持要嫁，说鼓浪屿安全，炮弹不会打上来。就这样，阿婆来了鼓浪屿之后，在美国领事馆的医院做护士，虽然不识字，但是学习了基本的打针换药。在这里，他们一大家子一起生活，后来三个孙子也是在这里长大。床不够，就做小木阁楼，家具全部是自己动手做的。

这是我第一次听老人讲故事。我不会安慰人，就默默地听，默默地看着她抹眼泪。她说二媳妇只知道钱，逼着儿子买房，结果儿子没了。阿婆说，房租还是一千八一个月，我说，还是两千五吧。

半个月后，我打电话跟阿婆说，要过来签合同。阿婆突然说不租了。我问怎么了，她说大儿子不让租，房子是公家的，租出去不好。电话里也说不清，我决定再去鼓浪屿一趟。

这次先见了阿婆，阿婆说要我直接和大儿子谈。第二天，我便和大伯在厦门第一邮局见了面。大伯虽然头发都白了，但是看起来很精神。大伯说，这房子不能租，是公家的，不好说话。最后，谈判失败，我落寞地回了鼓浪屿，打算和阿婆告别。

进了屋子，我告诉她，大伯说不租。阿婆照旧泡茶给我喝，看着我，我也没说话。

“我租给你。”她说。

“真的？”我很吃惊。

“我看你很乖啊，很能干。我孙子也是你这么大，但他根本不会想事情。”

“可是大伯说不租。”

“不管他，我租给你。”

就这样，我算是顺利谈下了鼓新路46号一楼右边的屋子。这座建于1920年的文物，前身是美国领事馆附属医院，医院撤销后，房子由政府划给鼓浪屿房管所，分配给当时医院的护士和医生，居住至今。

6月底，我在毕业的第二天，到了鼓浪屿，开始清理屋子、搬家具。当时这屋子很挤，只有一条过道，空间基本上全部被衣柜、书桌占据，没有厕所，也没有水。我搬了一个星期，在和阿婆协调后，丢掉了三个木柜子（实在没地方放）。那段时间，我都睡在沙滩，早上很早就过来整理。有次，阿婆煮面给我吃，我差点儿吃吐了。面是糊的，除了两片青菜，其余的全是糊糊。我闭着眼睛一口气把面全部吃完。此后，我再也没有吃阿婆做的东西。

后来，我开始做托运。刚开始时，我 130 斤，皮肤白嫩，一个月后，我瘦了 20 斤，全身像抹了老抽酱油一般黑。阿婆每天都过来问我有没有生意，我说有。其实，每天我都入不敷出。睡在里面的小屋子，我每天晚上都被蚊子叮得不轻。挂在头顶的小吊扇是后来从阿婆的木箱子里翻出来、安上去的。装电扇那晚，我觉得特别清凉。

到 8 月，我身上没钱了，但是每月还要给阿婆房租，怎么办？这时候有了深夜食堂。晚上 9 点以后，我开始在小屋子里做饭，然后送外卖。因为阿婆住隔壁，我不敢太大声。那时候我炒菜的声音很小，基本上锅铲不挨锅。有一次，白天里阿婆问我晚上是不是在做饭，我说晚上肚子饿了，做点吃的。她说你瘦了、黑了，你爸妈知道么？

……

当然不知道。而后，我做饭更加小心了。

幸运的是，9 月中旬，对面的板车工急着要转租房子，房租是一千八一个月。我知道后，马上就和他谈。其实我当时身上没什么钱，不过就是想要这个屋子，它有厕所、有厨房、有水、有电，用来做深夜食堂刚刚好。两天的时间，我和朋友借了钱，就把这个事谈下来了。可是当时我不敢告诉阿婆，想等到月底再说。过了两天，我开始往对面屋子搬东西，阿婆看见了，问我怎么回事。

我实话实说，于是阿婆很生气，骂我是“叛徒”，说我骗她要租几年，还丢掉了她儿子做的木柜子。“叛徒！”

我确实理亏，确实是“叛徒”。

可是我没钱，阿婆的屋子是两千五一个月，什么都没有。这个屋子呢？除了家电，其余的都有。我和阿婆说，等我有钱了，会再来租房，你的屋子我也是要的。

在很长的一段时间里，阿婆见着我就骂“叛徒”。

随后的一个月，我开始装修屋子，自己缝布、自己刷墙，到处收集板凳和椅子。有时候阿婆会过来看看，每次都会吃惊于我布置的东西，说我很聪明、能干，很像她丈夫。“我老公很能干，当时在二中教书，家里大小事他都做了……”这段话我听了很多次。

慢慢地，食堂有了现在的样子。她依旧每天在院子里散步，时不时会往我这边瞅瞅，看我在厨房忙，她会笑笑，然后继续一边甩手一边走路。客人多了后，她就开始帮我在外面接待客人、指路，和他们讲故事。“我老公很能干，当时在二中教书，家里大小事他都做了……”

她看到客人多了，也很高兴，经常夸我，同时也会提醒我多吃点，说我太瘦了。有时候她也会问我，她的屋子我还要不要租，说便宜一点租给我。我说会租的。

今年4月，我开始有了做“四时堂”的想法，而且当时手头也有了些积蓄。我找到阿婆谈租房子的事情。阿婆说一千五租给我。我说一千，我现在没什么钱。就这样，我重新租回了那个屋子。

“四时堂”的概念构思了几个月，8月我才开始动手做。这个屋子之前一直空着，不过还需要装修一下。我和朋友慢慢地收拾，有时候会用到小屋子里的工具箱，看到阿婆二儿子留下的木槌、铁棍之类的工具，我会觉得很感激。阿婆每次都会过来“监工”，她怕我把她的木柜子又丢了，怕我把她的床板锯了，怕我把她孙子的教科书扔了……

所以，现在四时堂的书桌、柜子、椅子都是阿婆的。一切保持着原样，我只是把它们都擦干净，调整了摆放位置。阿婆有次和我说，她搬到大儿子那里去住好了，她现在住的那间房也租给我，但是要加几百块钱。我说不用了，你儿子住七楼，又没有电梯，你去上下楼也不方便，还是住这吧。

现在，我每天煮花蛤的汤都会留给阿婆，有时把当天没用完的包菜、西红柿也给她。现在她煮面的水是花蛤汤，面糊里会有包菜丝，偶尔会有红红的西红柿，颜色也是很好看的。

有时我起晚了，大概睡到中午，她会过来敲门，问我在不在，我说在。她是怕我出什么事，所以过来问问。

有时候出去晒衣服，或者出门路过她房门的时候，我会往里瞅瞅。有时候她在吃面，有时候她坐在床上和女儿打电话，有时候她用自己种的芦荟叶抹腿。她看到我，会很开心地笑笑，她说这样好，万一她出什么事，我可以叫医生。

神神叨叨的阿婆，是我在厦门的亲人。我虽然很烦她唠叨，可她就是这栋楼的一部分，是深夜食堂的一部分。如果哪天她不在了，我会很想念她的。

小野
2015.9.23

卖酸梅汤的母女

是否要写卖酸梅汤的母女的故事，我纠结了很久，因为我不知道她们叫什么名字，虽然我已经在这里和她们相处了一年多。我如果和朋友提到她，都会用“门口卖酸梅汤的”来称呼她。在故事里，索性，就叫她梅姐吧。

去年我刚来鼓新路 46 号的时候，还没见到她。最后一次来阿婆家谈租房合同的时候，我发现门口台阶上摆了一个简易的木柜子，上面放了一个红色小桶，旁边倒着放了两摞一次性杯子。她在柜子旁叫卖着：“冰镇酸梅汤 5 块。”

毕业后我搬来阿婆家住，当时房间没有床，我在网上买了一张竹子折叠床。货到鼓浪屿后，我被告知快递是不会送到家的，需要自己去快递点取。一张宽一米五的床怎么从码头运回来呢？幸好我在阿婆房间里找到一辆破旧的小拉车，就这样，我一路晃晃悠悠地把床拉了回来。到门口台阶时，我已经汗流浃背，梅姐看见，赶紧把她的小摊收到旁边，给我让路。这是我第一次和梅姐交流，我很感激她。

我是这个院子里唯一的外地人，这个群落里的人都是土生土长的鼓浪屿人，他们的儿子、孙子基本都在大城市工作或者出国深造，对于我这样一个“拉板车、拖行李”的小伙子，他们更多的是好奇。梅姐开始问我一些问题，比如从哪里来、年纪多大、来鼓浪屿干什么……

有一天，阿婆来我房间，悄悄用我听不懂的闽南语对我说：“那个卖酸梅汤的女人是低保户，她最近开始在门口摆摊，我们都不会和居委会讲。不过她生不出小孩，所以现在没有结婚。”

后来，我每天接客人的行李进屋存放，再拖着小破车出去拉行李。进出门口的时候，我都会对梅姐微笑，算是打招呼了。正值酷暑，她的小摊顾客挺多，大家都是买两杯酸梅汤，三两口就喝光，然后直接把杯子往地上一扔，走人。那会儿我还没有冰箱，每次出去拖货都会全身汗湿，看到她的酸梅汤还是很馋的，只是当时没钱买，也就对她微笑下，然后赶紧回家烧开水喝。

接着，我从 130 斤骤减到 110 斤，肌肉都显现出来，全身像抹了老抽一般黑。我订制了一辆拖车，一次可以运六个行李箱。每天从门口进出，我照常会和梅姐微笑示意。她有时会问我：“今天赚了多少钱？”我说：“一百多吧。”她说：“今天游客很多，我卖了三百。”慢慢地，她的简易木柜子变成了两层的不锈钢货柜，旁边加了一台冰箱，摆满了各式饮料，沿街边还加了一个木板凳，整齐地摆放了很多怀表。

“矿泉水饮料酸梅汤，鼓浪屿地图盖章本”，“复古怀表，大的三十，小的二十五”，于是，她有了自己的顺口溜。有一次我好奇，看看她卖的怀表，有各种形状，动物生肖、建筑风景、人物都有。她告诉我说："都是便宜东西，进价都是四五块，用不了几天就自己停了。"

有一天，她问我："你现在房租多少啊？"我说："三千。"

她赶紧说："你隔壁那间要转租，一个月一千八，你要不要？"

顿时，我眼睛都放光了，我说："要啊！"

她连忙打电话给房间的主人，说我要租。于是，就有了现在的深夜食堂。

我开始慢慢装修房子，在纸灯笼上写上"深夜食堂"，挂在院子里的树上；缝暖帘，悬挂在窗梁上；搬来一些木桌子，放在院子里；再插种几棵三角梅小苗。傍晚，在院子里纳凉的邻居开始聊天谈论，问我在做什么。我一般避而不答，笑笑而过。一个月后，食堂开始有生意了，灯笼从晚上 9 点一直亮到 12 点。当时我攒了一点钱，想买一台冰箱，于是向梅姐打听。梅姐说去苏宁买，送货到家。最后我是在京东买的，请了一个板车工人，把冰箱从对岸码头拉到了家里。这是我买的第一个电器。

"小何，这灯笼上的字是你写的吗？"梅姐问我。

"是啊。"

"原来你的字写得这么好啊。帮我写几个字吧？我写样稿给你。"

"写什么？"

"今日有房。"她找来一个装啤酒的纸箱，撕成两半，让我在硬纸上写。

当时她的小摊已经小有规模了，出售各种旅游纪念品、墨鱼丸、酸梅汤，还开始帮酒店做订房推销。她还专门去打印店，花三十块钱做了一个展板，上面写着“鼓浪屿地图，盖章本。矿泉水 3 元，饮料 5 元……”挂在鼓新路 46 号的门牌下面。她告诉我，她现在一天能赚六百多元。

我笑笑，说那是很多。

然而，城管终究还是来了，她花了大价钱做的展板直接被城管折成了两半，她也只能赶紧收拾货品往院子里搬。她又找来一块结实的木板，顺带递给我一张小样稿：“鼓浪屿地图，盖章本。矿泉水 3 元，饮料 5 元……”到现在，我陆续帮她写了三次展板，每次都会被城管收走。

当然，她也帮了我很多忙。每天白天，都会有很多游客好奇“深夜食堂”是什么，几点有饭吃。她在门口就告诉他们：“晚上六点才开门，有炒菜小吃，很好吃。”

热闹的夏天终会过去，淡季如期而至。她的生意也惨淡了，慢慢地变成只有周末两天出来摆摊，其余时间都不见人影。不过我这里基本不受影响，院子里还是会有很多排队的食客。

有一天她问我：“你生意怎么一直这么好？现在游客好少哦。”我说，网上有给这里做宣传，大家会看评价，专门找来这里。

“网上怎么宣传？用电脑吗？”她问。

“可以做团购，美团、大众点评都可以的，用手机就可以了。”

“怎么弄？酸梅汤也可以做吗？”

“可以的。”随后的两天，我一直都在帮她联系客服，用手机安装 app。最终，她的酸梅汤“上线”了，团购价四元。

我来这一年多，大约见过她三个男朋友，目前这个相处了有半年了，职业是城管。她经常告诉我一些小道消息，哪里要检查，哪里要拆，哪里要倒闭，“我老公告诉我的……”

我和卖酸梅汤的女人的妈妈交集不多。那位阿婆讲话我完全听不懂，不过我每次出去扔啤酒瓶都会被她叫住，她接过瓶子然后带回去。原来她是留着瓶子当废品卖。后来她索性在我窗子下摆了几个纸箱，给我堆酒瓶用。酒瓶装满两箱子，她就推着我的推车，把箱子推往废品站。只是，每次用完我的推车，她都不会把车放回原位，只是随意地停在院子里，让我来收拾。

此外，她还会和神神叨叨的阿婆轮流来我这要煮花蛤的汤。她们记得很清楚，今天是你，明天是我，从不会错。神神叨叨的阿婆每次倒完汤，都会自觉地把我的锅洗干净，而那位阿婆不会，她倒完汤，说声谢谢，就直接回去了。

这就是卖酸梅汤的母女，鼓新路 46 号院子里的一员，深夜食堂的福将。

小野

2015.10.2

烟　　婆

我现在的生活，一半用来回忆过去，一半是活在当下。离开鼓浪屿快两年了，我却更怀念在鼓新路 46 号（现在政府将其回收，用作博物馆）的日子。我常常说，那是我这些年来最自在、最快乐的时光。

鼓新路与三明路交叉路口的西侧院落，就是鼓新路 46 号。据房东阿婆说，这里曾经是美国领事馆开设的“宏宁医院”。战后，宏宁医院是行政院善后救济署在鼓浪屿指定的唯一一家进行善后医疗救济的医院。1933 年它并入救世医院，改名为“私立鼓浪屿医院”。1949 年以后，这个房子收归房管所处理，就地分配给了当时医院的医生及护士作为暂住地。

从三丘田码头上坡，依着院墙进入院子，你就能看到这栋二层带耳室的黄色对称洋楼。楼是建在麻石基座上的，需踏上五级石阶才到方正的门厅。右边就是房东阿婆的住房，左边便是食堂了。往里走，是满铺黄绿色水泥花砖的大厅，里面堆满了住户的杂物，有破损的木碗、柜子、床板、纸箱等闲置物品。虽然繁杂，但是整理有序，且从中让出了一条道，供里面和二楼的住户通行。

大家好像在守着某种条约，且很自觉地执行着，绝不会让某件物品伸出一点边角，占用了这条道。烟婆家就在这条道往里走的右边第一户，和房东阿婆家仅一墙之隔。不过这房子的格局已经被他们改造过了，所以你感觉不出来，两户原来是挨着的。

作为院子里唯一的外地人，我后来也融进了这个鼓浪屿本土之家。大家一开始都会问我从哪来、年纪多大、来鼓浪屿干什么……烟婆也是其中一位。

烟婆，是我思索了半天，最终决定的名字。说来惭愧，我一直羞于问别人名姓，以至于在那住了两年，我也未能知道烟婆的姓氏，只是我经常在窗户那准备晚餐时，会看到她穿着短袖的花连衣裙，独自在门廊边的那棵含笑树下抽烟，如果对视了，我们就都礼貌地笑笑。

“又开始准备给客人做晚饭了？”烟婆笑着问。

“是啊。”我回答。邻居们都已经清楚食堂是6点开门，在这之前的两个小时，我都在厨房备菜。5点左右，就会有客人寻来，坐在窗下的花园椅上等，或者三五围聚，一边聊天，一边等着。

那香烟慢慢散开，围绕着树干向上爬，升到一簇簇粉黄色的含笑花瓣上，再消散于无形。烟婆，这名字我深觉合适。

刚租下这个房子时，烟婆偶尔路过房门口，遇着阿婆，她们会在门厅那聊天。阿婆腿不好，一般侧身坐在石阶上，烟婆就相对站着。闽南语我虽不大懂，不过能听个大概意思，阿婆在说，我另租了这个房。她们有时一起走到我这屋的门口，往里瞅瞅。

“进来看看吧，还没收拾完。”我说着，便把门帘掀开。

烟婆跟在阿婆身后进来，环顾四周。当然，她们对于这个房间原本的面貌是很清楚的，看到我摆好了两个饭桌，一张书桌，布置了灯具，对我说：“小何真会打理生活，布置得很温馨。你原来学过接电线？”

“会一点，每天整一些。”我笑。

“叛徒！突然不租我的房子，不和我说就租了这个，我可以把房租降一点啊。”房东阿婆皱着眉头对我说。

“是暂时不租你的了，以后还是要租的。这个房间有厨房，有卫生间，目前合适。”我也很委屈。烟婆在一边笑着没说话。

那时，我接了爸妈在厦门过年。他们带着自己熏制的腊鱼腊肉过来。刚安顿好行李，我妈就要我带着她去看望阿婆，说是要好好感谢一番。为此，我妈还特意根据我描述的阿婆体型，缝制了一件暗红色棉袄，送给阿婆。刚好烟婆也在，我妈就进屋拿了两条腊肉出来，送给烟婆。

烟婆推着双手，笑着说：“不用客气，小何在这里很乖，很能吃苦！”硬是不收这腊肉，说是吃不惯这个，浪费了。

我回屋和爸爸说：“这阿婆平时就喜欢抽烟。”

我爸笑了，马上从箱子里拿出一条白沙烟。我带着爸爸去了烟婆家，站在烟婆家门口，叫了声阿婆。

她从里屋出来，看到我们，笑着说：“这是你爸爸？”

“是啊。”我说。

“新年好啊！多谢您照顾我儿子。”我爸爸笑着说，双手递了烟过去。

“阿婆收着吧，长沙烟，您试试味道。”我笑着说。

阿婆连忙感谢，就收下了那条白沙烟，并嘱咐我带着爸妈好好在岛上逛逛。

过年那几天，烟婆便回厦门市区过年了，到了初六才回，站在我的屋门口，问我爸妈在哪。

“他们昨天回家了，我爸要上班。”我说。

“这么早嗳。”她说着便拿了一个红色铁罐递给我，“这是送你老爸的。”

我连忙接过并道谢，回屋一看，是圆罐的“红双喜”。

往后的日子里，烟婆照常深居简出，偶然在院子的含笑树下照看她用泡沫箱种的一盒青葱、一点生菜，傍晚会在花下抽支烟。现在回忆起来，好像那含笑花是四季开个不停的。

有一天下午，我正在备菜，烟婆敲门找我。“小何，你有没有时间？我屋子里日光灯不亮了。”

我放下菜，出门便跟着烟婆进了她屋子。说实话，我还是第一次进烟婆家。门口地上铺着一张干净的地毯，屋内就两间房。就着客厅里一个小窗落下的光线，我能看出来旁边隔了一个小卫生间，厨房在角落，里屋是一个卧室，有上下式木架床和一张书桌。她指着里屋天花板上的一盏老式日光灯，我猜是烧坏了，因为灯的一头是深灰色的。

“有新的灯管吗？我换一下试试。”我问。

“有。”烟婆在架子床的上铺，取出来一根用黄色瓦楞纸包裹的灯管。

我站在书桌上，从一头取下烧坏了的灯管，接过新的灯管安上。“打开试试看。”我说。

“吱……”屋子里顿时亮如白昼。

烟婆双手举着，扶着我下来。“谢谢小何。”看得出来她很满意。

没过两天，烟婆便拎了一袋子鲜花蛤给我。“小何，这个煮汤很好喝。”我笑着接了过来。

后来因为鼓浪屿申遗，鼓新路 46 号终于还是被房管所收回。在这里生活了半辈子的成员们，全部被遣散至岛内市区。那时候，我已经是鼓新路 46 号的一员，现在也是。

小野
2018.5.15

云　婆

云婆并不是鼓新路 46 号院子里的居民，不过她偶尔会来院子里，找阿婆聊天。她就住在邻街三明路上。从三丘田码头走出来，迎头便是一条接近 50 度角、呈 Y 字形的陡坡分岔路，两边有烂漫的三角梅从院墙头倾下。往左是鼓新路，往右走就是三明路。这个路口，就是游客的拍照圣地“最美的分岔路口”。

云婆家很好认，是三明路中段右手边的一户两层小楼，抬头能看到围着生锈护栏的阳台伸出来，花盆里种着仙人掌和一大丛火龙果树，一片墨绿。你若看到，那便是她家了。

我不确定她老人家是不是姓云（可能谐音），只是听房东阿婆用闽南语这么叫她。她是一个精明能干的女人，我们第一次见面，也正是因为她的能干。

第一次在鼓浪屿找房东阿婆谈租房事宜，是5月的一个下午。我说明来意后，因为不太清楚租房价格，便提出了两千五的租金价格。阿婆拿不定主意，从热水瓶里往不锈钢杯子里倒了杯水给我喝，让我坐着等一下，然后拿起床榻边的红色座机打了一个电话，当时她说话声音比较大且激烈，对方应该是个她很熟悉的人，听得出来，阿婆是叫她来一趟。

不一会儿，走进来一个稍微年轻点的婆婆，有一头精致的齐耳短发，有点驼背，不过看得出来，她在努力地挺直腰板。我起身点头问好，婆婆很客气地说：“你好。”便坐在房东阿婆床边，用闽南语说着话。两人交流了一番，不时看我一下，然后笑笑。婆婆问清了我的来意、学历、家庭成分，说自己的小孙子和我年纪一般大，正在国外念书。

那天谈得很好，年轻的阿婆说，租金差不多要一千八一个月。我一听很开心，因为我心里估计是五千。租房阿婆连忙说，不用，太多了。年轻的阿婆说："要的，现在鼓浪屿租房都涨了。"

这就是我第一次见云婆的场景。

有天傍晚，我在海边拉完货往回走，见云婆和阿婆两人坐在岸边的石凳上，摇着蒲扇。云婆看到我后，用流利的普通话对我说："小何，你瘦了黑了啊，你爸爸妈妈知不知道？"

"不知道。"我笑着说，便也在一边坐了下来，缓口气。

"他很能吃苦哦，也不知道赚没赚到钱，啊哩，如果没赚到钱，我就不租房子给他了，要他回家去！"房东阿婆有点严肃地说。

其实当时我的状况一直是入不敷出，又怕房子租不下去，但我很自信地说："没问题的。"

"小何肯定可以的。小何，你知道吗？我年轻时做会计，公司派我去北京收账，一个人坐火车，一去就是半个月，有时候一个多月！我老伴在家带小孩儿，我什么都不怕。"云婆看着我说。

云婆的老伴，我只在墙上见过，那是一年后的事了。当时，我遇上了鼓浪屿申遗时的全岛大维修。由于事发突然，一周内需要把鼓新路 46 号的全部住户迁移出岛。当时房东阿婆着急我和我用血汗钱积攒的一些家什的去处，便打了一个电话给云婆，问她能不能帮忙。

云婆特意从市区风尘仆仆地赶来，了解情况之后马上告诉我："小何，我家虽然不是公房，不过政府也要维修我家房子，具体时间还没定下来，我这几天也在打电话问这个事。你看这样好不好，你先把东西暂时放在我那，你再做打算。”

这就是及时雨！

食堂谢幕之后，我们就开始收拾东西，慢慢往云婆家转移。绕过院墙，打开一面生锈的小铁门，迎面就是十级水泥楼梯，窄到只能容一人通行。上去之后便是种着仙人掌的阳台了，角落有一个洗漱用的水池。云婆掏出钥匙开锁，推开对扇木门，带着我进屋。跨过木门槛，便是一间敞亮的客厅，临着窗边，有一组老红木茶几沙发，对门处摆了一条矮电视柜，上面供着佛龛，白色的香灰溢出了泛着油光的香炉。

东南面的墙上，挂着三幅顶上扎了乌红色花、两边垂布条的相框。“这是我公公婆婆，旁边是我老伴。”云婆看着照片说。我对着相片弯腰鞠躬。

“这个房子我也很少过来住，一般都住在儿子那。”说着云婆便往里间走。进去后，我才发现其实这是一个木结构坡屋顶的房子。里间有一个屋角漏水严重，墙上已长了青斑。屋子里只有地上搁了个大脚盆，估计是接水的。“小何，这间最空，不过就是有点漏雨。不然你的东西就先放在外面厅里。”

“放在客厅会妨碍您进出，我刚上楼看到阳台边上有个小门，那里可以放吗？”我转身问着。

云婆一边利索地向外走，一边念着：“那是个小杂屋，原先是我儿子住的房子。”

推开沾满灰的木门，我站在门口往里看，这是一间两面开窗的木屋。为什么说是木屋？因为这是一间在原建筑外墙搭出来的房子，透着缝隙的木板墙、木地板，看起来摇摇欲坠。靠窗的矮木架床上堆了柜子和一些罐子，上面盖了几层落了厚厚灰尘的旧报纸，旁边仅剩一条过道。不过这间却没有漏雨的痕迹。

“小何，这里放不下几个东西。”云婆指着屋子说。

“可以的，我收拾下，腾点空间。我的东西搬上楼就直接放这里，也方便，不用进屋子里。”我满足地说。

“好，那我看看，这里面有不要的东西，我就扔了。你慢慢往这里搬。”说着便走到阳台上有亮光的地方，侧身掏出一串钥匙，找出一个小钥匙，取了下来。“小何，这是楼下铁门的钥匙，你先拿去龙头路配一个，待会把这个再给我。我就这一个，别搞丢了啊。”

就这样，我和朋友们花了两天时间，把食堂剩下的家什全部搬到了小阁楼里，房间被塞得满满当当。安顿好这些物件后，我便离开了鼓浪屿，去游学了。

大约过了三个月，云婆打来电话，我当时正在北京。“小何，你最近在哪里啊？找到适合住的地方了吗？政府下个月就来维修我的房子了，你的东西要搬走了。”

“哦，我在北京呢。我想办法，别着急。”我对着电话说。

终于，在 2016 年元旦前夜，我回到鼓浪屿，开始了新的造院子活动，也就是后来的鹿礁路 81 号四时堂。那次搬离三明路后，我再未见到云婆。谨以此文，表达对云婆的深切感激。写着写着，我好像看见了那一串串绿枝上结了红艳的果，热闹地从阳台栏杆里探出来。

小野
2018.5.18

· 老乡周

今天突然收到老乡周发来的微信消息，图片是一个大笑的女孩，后面留言：“你以后生女儿就长这个样子。”看完我也没细想，也没回复。

临到晚上 6 点我要开始营业的时候，一个长沙的手机号码打来，我还以为是家里亲戚，接了。听到第一声，我就反应过来那头是老乡周，她问我有没有看到图片，我说有。她说，那个女孩笑起来很像我，我反问：“有吗？”

“有啊，当时看到她就想到你了，也不知道是不是想你了，刚好看到那个女孩，反正就是觉得很像你。”她说。

“好吧。”

“最近还好吗？”

“挺好的，也习惯了。你呢？回长沙怎么样了？”

“现在在家附近的一个小学上班。”

“当老师？”我问。

“是啊，做回老本行了。”

“教什么？”

“数学。”

临近6点，短暂寒暄以后，我们挂了电话。

老乡周，她的微信名我就是这样备注的。我们是老乡，她姓周，因为和我妈是本家，所以初识就觉得亲切。大概是去年冬天，她来深夜食堂吃饭。那次她和另一个女生一起，吃了份炒饭。因为我在鼓浪屿是第一次见到老乡，所以我们聊天至深夜。后来，她带着她所工作的酒店老板和同事来这里吃过一次饭，再后来，她就从那家酒店辞职了。

“很羡慕你可以有一家自己的店，我也想弄一个。”她说。

“好啊，到时候有什么问题可以找我帮忙。”

“那到时候，你帮我写店招牌啦。”她很开心地笑。其实，当时我觉得她也就是说说，因为鼓浪屿房租那么贵，她一个人在这里也没什么朋友，开一家店还是很难的。

没想到，她果真在岛上租了一个小院子，打算做中餐和咖啡，位置离我这有点远，在复兴路上，是一家酒店的院子。原先的酒店老板自己做酒吧，后来闲置了，她就接手了。那时候，我们很开心，因为这是一个有爬满绿藤的透明玻璃棚和一张大大的木质吧台的露天院子，看着心里就会有无限的想象。

她一开始给店取名叫“韵味”，这是长沙式口头禅，大概意思是很爽、很舒服，或者很好吃。我觉得很多人可能看不懂，后来她改成了“一期一会”。帮她写店招牌的时候，她说也想要一块和“深夜食堂”一样的招牌，我就找了一块旧木板，写了“一期一会”。她很高兴地拿着回去挂着了。装修的时候，她叫了长沙的亲戚来帮忙，他们装了水电管道、灯具之类的就回去了。不过她留下了她的长沙表妹，让她在这帮忙。后来还剩下一些零散的活儿，她就叫我去做了。

当时大宝和我一起去的，我们帮她把丢在杂物堆的一对音箱翻了出来，摆弄一会儿后，音箱竟然真的被我们“整”出了声音。她和她表妹高兴得跳了起来，天气寒冷的时候，能有点音乐，还真是叫人愉悦。后来我们再去那个院子，就可以听到立体环绕效果的音乐了，心里感到很是满足。简单装修完了，她的店也就开业了。

我告诉她可以通过网上团购来做推销，慢慢地，她的生意也有些样子了。

有一天晚上，她带着她表妹气冲冲地来我这，说过来消费。我笑她任性。原来，她收到了一条网上的差评，对于刚起步的店，这打击还是很大的。那晚，她们吃了炒饭和猫饭，又有说有笑地回去了。

后来，她的木招牌被人偷了，大概是上面的字太好看了。她过来找我，让我帮她再写一个。恰好，那时候我在画食堂的灯笼，于是给她也写了一个红色灯笼，想着快到春节了，红色显得喜庆。第二天去她院子的时候，我发现灯笼已经挂上了，围墙上开满了橘红色的炮仗花，再点上灯，煞是好看。

厦门的冬天还是很冷的，不过我都是待在屋子里，也感受不到，她那三面通风的院子可就不一样了。有一天晚上，她带着表妹来我这坐，抱怨说那个院子的冷风直接穿堂过。其实那会儿她生意还没做起来，客人很少，冷冷清清，尤显得寒冷。

“还是你这里舒服，太暖和了，我喜欢你这沙发。”她躺在沙发上，闭着眼睛对我说。

“那你就躺着吧。”

“晚上我要睡在这里，我那儿太冷了。”

“好啊。”

最后，我和大宝还是送她姐妹回去了，那时大概是凌晨 1 点多了吧。

“小野，我们哪天出去‘嗨皮’下吧？”她有一天问我。

“唱歌还是……”我问。

“去酒吧吧，我们四个一起。”她妹妹说，“我有朋友在那里，都很熟。”

“好啊。”我说。

约定的那天，她们姐妹打扮得很是惊艳，我还是平时的穿着。虽说我是长沙人，但我去酒吧不多，进入那个场所后，我还是很适应的。喝了几瓶混酒，我就有点晕了。其间玩色子、猜拳什么的，我也被罚了好多回。后来她妹妹离席了，老乡周邀大宝一起去舞池跳舞，我就待在座位上继续发晕。也没多久，他们就回来了，大宝扶着我说“回家了”。就这样，我们三个人走到大厅，找她的妹妹。

不一会儿，她的妹妹回来了，我们四个打的回码头。

车上，大宝和她妹妹在聊天，问她去哪了。她说出去透透气，后面的我也没在意听。只是下车后，他们俩就开始大吵了，结果还厮打在一起。我也来不及发晕了，赶忙把他俩拉开。不过他们都不是省油的灯，一个用脚踢，一个抓着头发扯……我和老乡周最后没力气了，四个人就瘫坐在地上。凌晨 2 点的码头没有人，冷风肆意地刮着，扬起地上的沙子，割得脸生疼。

后来，她们姐妹上了船。我怕在船上再生意外，就拉着大宝坐在台阶，等下一班船。我这时才知道，刚刚他俩跳舞时，有一个男人挤开大宝，要和老乡周跳舞。大宝为了保护她，拉开了那男人，结果被周围围上来的一群男人揍倒在地，还被踢了几脚。

她赶紧拉开了众人，两人匆匆下台，扶着我回家。大宝觉得既然是她妹妹带我们去的酒吧，就不应该中途消失，这才和她妹妹起了争执。

第二天，老乡周打电话给我，告诉我她妹妹昨晚坐船回去后大闹一场，结果突然离家出走，一夜未归，她很担心。她这么一说，我也很担心，要她赶紧找人。

后来，人联系到了，在医院，说是身体有伤，衣服也被撕破了，她问我怎么办。

我能怎么办，只有安慰、打电话道歉、赔钱。

后来，我们再也没有出去“嗨”了，她妹妹不久后也回了长沙。老乡周一个人撑着店，偶尔来我这坐一坐、聊一聊，深夜才回去。

大概三个月前，她告诉我，她爸妈离婚了，她想回家陪妈妈。

再后来，她回家了。她临走前，发消息问我要不要去院子看看，有什么东西我用得到的，可以拿过来用。我当时也没放心上，就这样，我们告别了。

小野

2015.10.13

·鼓浪屿一哥

一哥，是我给他取的外号；一姐，就是前文中提到的鼓浪屿画家Y小姐。彼此相识的时候，还没有这个称呼。“做鱼疗吃饭找一哥，订酒店喝茶找一姐。”一次聊天中，我说了这句玩笑话。不过从这句话可以看出，一哥一姐在鼓浪屿还是很有“影响力”的。

大概是在4月底，一姐第一次带一哥来深夜食堂吃饭，不过那天没有吃成，因为客人实在太多，在外面排队的都要等上半个多小时。在此期间，一哥进来厨房想帮忙，被我婉拒。他剪着圆寸头，穿着宽大的棉麻衣裤，手里揣着一串深色的星月念珠。我心想，有点意思。后来我问一姐，带来的朋友是岛上的吗？一姐说是岛上开旅馆的，想来我这看看。

大概过了一周，一哥一个人来了。开业前，我招待他坐下，上茶，我就去厨房准备晚饭了。我炒了份花蛤，一盘青菜，两个人一起吃了。他约我第二天去他那吃饭，我问在哪，他说在他上班的旅馆。

第二天上午，我睡到 11 点，起床收拾后，去菜场买了点青菜就往一哥的旅馆去了。鼓浪屿我是很熟悉的，不过那天他还是来接我。在鸡山路绕了两个巷子，就到了他工作的旅馆。还未进门，我就闻到了檀香味。虽然天气炎热，不过旅馆中庭通风，倒也不感觉热。

一哥招待我在小圆桌边坐下，给我泡工夫茶。他给我备了一只白色斗笠茶碗，里面白描着一朵荷花，看着很是让人喜欢。他泡了普洱，茶香浓郁。我们喝了两泡后，他说："你先坐。饭熟了，我上去炒菜。"说完，他就一步三台阶地上了楼。

不一会儿，他下来把一张折叠桌打开、布置好，陆续端了菜下来。三道菜中，让我印象最深刻的是一碗蒸鱼。我平日很少吃鱼，因为我不会做，尽管是在海边生活。就着红红的蒸鱼，我足足吃了两大碗饭。他吃完，抽了根烟，看起来也很满足。

隔了一段时间，有一天我刚睡醒，就看到他发来的短信"中午过来吃饭"，惊喜得我马上起了床。我换了一套白色棉麻衣服，蹬着木屐，去菜场买了点菜。那天一姐也在，她带了几个金兰馅饼来。一姐坐在他的位置，熟练地烧水泡茶。他去楼上做饭，我坐着等茶喝。

水烧开了滚滚作响，还有厨房里铁铲锅的声音，听起来也是挺美好的。

后来，他在楼上叫一姐出去帮他买包烟回来，一姐就出门了。

等她回来后，我和一姐支开桌子，准备好碗筷，便上了楼去厨房一探究竟。厨房是二楼楼梯下隔出来的空间，不过两平方米。一哥笑着招呼我过去看他做鱼。他做菜还是很有范儿的。那天吃完饭，他抽着烟，叫一姐唱一段。一姐清清嗓子，唱着《心经》。我还在吃菜，他们故意把鱼留给我吃，说是多吃变聪明。阳光从中庭的玻璃顶打下来，他们俩似发光一般。我听着经，吃着鱼，这画面我现在还记得。

一姐家我之前去过一次，我们后来约了去一姐家做饭吃，我便有幸再去了她那儿。那天一哥做饭，围着花裙，我赶紧拍照留念。饭后，一姐洗碗、收拾厨房，他躺在木地板上，听着歌，逍遥自在。我到处瞅，看墙上有没有新作品。后来看到一幅字，我便问。他们说是之前有位师父来这吃素，写了送给一姐的。说完，他便提议我也抄写一幅《心经》留下。

说写便写，一哥在一旁研墨，一姐帮我裁纸。待我开写时，他们就坐回地板上喝茶去了。临落款时，我问作于何处？他们思考很久，一时也不知取什么名字。一姐说，我皈依的法名叫如验，不如留“如验居”吧。

吃过几次饭，我和他们也熟悉了，经常一起喝茶聊天。我那时候刚开始接触茶，很喜欢他们泡的茶，一姐泡的红茶好喝，一哥泡的普洱好喝，而我，泡的都是苦涩味……所以，一般他俩来我这，都是他们泡茶，我坐旁边喝。一般喝完茶，一哥就会催我写字，今天要我抄《金刚经》，明天要我写《心经》。

我开始每次都会写点东西送他，不过对于《金刚经》，我一直没答应，因为字数太多。

我每天在厨房待几个小时，大概“憋”了湿气，导致6月的时候我一病就是三天，反复高烧。我只能艰难地走到一哥那去，让他刮痧。在天台上，他叫我趴在椅子背边，在我背上轻轻扯了两下，我已痛到“鬼”叫。他说我湿气太重，刮出的颜色都是暗红。虽然无奈，但还是继续让他刮。他每刮一下，我就反弹一下，我也控制不住。最后，他给我拔罐，拿了一套拔罐的工具，在我身上“拔”了十几个红圈。不过，之后我的病好得很快，我又重新开始营业，重新在食堂“赶客人”。

5月的一天，我突发奇想，想着要是能筛选客人就好了，不过也不是简单的预约，我只想接待一些有意思的客人，大家围坐一起，吃饭聊天，喝茶交流。我想着，一天要是只营业四小时该多好！想着想着，“四时”这个词就出来了。于是，我上网查“四时”，就出现了一句“君子四时，朝以听政、昼以访问、夕以修令、夜以安身”。我赶紧取毛笔写了“四时”二字，并摘录这段话发了朋友圈。

第二天，我去一哥那喝茶，刚坐下，他便提到“四时”，说有意思。我把初步想法告诉了他：四时堂提供私人饭局，需要提前预订。因为我心里惦记着一哥做的小黄鱼，所以邀请他作“四时”的厨师，他欣然答应。就这样，我们两个人开始构思关于四时堂的计划。再后来的两个月，一哥因为个人原因，退出了那家旅馆，搬出了鼓浪屿，在郊区找了个地方准备做香厂。那段时间，我们慢慢准备着四时堂的装修事宜，我主要构思框架、选择器物、写文案。一哥呢？刷墙、搬门板重物、刷漆等……他两头忙，一边顾着香厂的设备进场，一边在我这装修，有时候我们互相调侃，说“七月半来了，鬼真多”。

我不太喜欢问人的过去，觉得不太礼貌，不过后来也大概知道了一些一哥的情况。他是福建人，来厦门大概十年了，之前在市区开过佛具店，后来到鼓浪屿与人合伙开了旅馆。他做海鲜是一绝，特别是鱼，不过很少有朋友能吃到他做的饭菜。他经常参加寺庙的放生活动，有时候一整个月都食素。不过他烟瘾很大，据说《佛经》里也没有提到不能抽烟。

装修四时堂的时候，我还出去旅行了两次，觉得出去走走很有必要。可是，我一出去旅行，食堂就要关门一个星期。因此，我还收到好几条差评，大概意思是客人专门找来，结果休业一周，非常不满。

有一次和一哥喝茶，我突然想到“食堂老板体验”的点子，一边想，一边告诉他。当时我非常激动、兴奋，因为这样既可以让客人体验一下当老板的感觉，食堂也可以持续地经营下去，我也可以偶尔出去短途旅行。一哥听完我说的，觉得我就是个“疯子”，还在留言

本上写“老板是一个奇葩”。不过他对此很感兴趣，说要第一个体验，我当时就答应了他。

后来，四时堂顺利开业，一哥大展身手，现场热闹非凡。吃饭前客人们要我先讲一段话，我还记得我当时说：“我要感谢一哥一姐，让我认识到很多人，学习到闽南文化，我想把我们平时的生活状态传达、分享出来，这就是四时。”在讲完的那一刻，我觉得很放松，心想未来一年我都不想再有大动作，安心过日子就好了。

当然，我是一个不安分的人。我经常白天在四时堂写字画画，晚上在深夜食堂营业。画着画着，我发现自己的国画上出现了很多问题，大多是技巧方面的问题。“我要拜师学画！”这个想法一出现，我便当即告诉了我大学时结缘的师父。师父说，很好啊，拜师是好事。在征得师父的认可后，我当晚就决定要北上学画。

知道我近况的第一人往往是一哥，我一有事保准找他。“我月底去北京学画，食堂老板体验就从下个月开始，你准备下。”这算是通知他了，他似乎也习惯了我一惊一乍的做事风格。随后，就有了公众号平台的“深夜食堂老板体验”策划案。

我庆幸自己来到了鼓浪屿，这个地方真的很浪漫，我有时候都觉得自己在做梦。我为这岛上生活着一群精灵而兴奋，他们为生活、为梦想而欢笑着、艰辛着。尽管一哥这几年做什么什么就倒闭，不太顺利，不过我相信，食堂交给他做两个月，应该会有新气象。明日，就是一哥当食堂老板的第一天，祝一切顺利。而我，也将继续追寻我的梦想。

小野
2015.10.28

· 素素

素素吃素，她给自己取名叫素素。她并没有什么特别的，非云南人，但从云南来；爱喝普洱，却在鼓浪屿经常喝铁观音。她年纪和我一般，也喜欢四处寻找自由。

认识她大概是在四个月前，义工小强带着她来食堂吃饭。饭毕，我给众人泡普洱茶，她坐在一旁说“哎呀，这味道太好闻了，好怀念”的时候，人们才知道她毕业后在云南学习茶艺，后来到厦门，现在在鼓浪屿一家杂货小店“七小姐”上班。在云南喝惯了普洱，而在“七小姐”她每天都泡花果茶和铁观音，所以再闻到熟悉的味道她一下就坐不住了。茶会结束，我送了她一套茶具和一柄普洱茶饼。她说很喜欢这里，我说，那你有空再来。

没过两天，她说想来四时堂看看，我说好。

那天，我照常磨了豆浆做早餐。微风阵阵，吹着四时堂的纱帘，我放着安静的音乐，准备研墨画画。不一会儿，她穿着一身浅色素麻的长衫来了，风吹着，很好看。我招呼她坐下，端给她一杯豆浆，她问是不是自己磨的。我说是啊。她说很好喝。

后来，她一到休息日就会来四时堂抄经，帮我磨墨，看我画画。每次来，她都会带点“七小姐”家的牛轧糖给我吃，糖用来做茶配也是很好的。有一次，我画重墨色山水，她在旁边一直磨墨，差不多磨了一个多小时，她笑着说：“古时候的书童还是很辛苦的嘛。”

食堂谢幕那晚，她下了班就来了。我招呼她和很多朋友在四时堂里围坐着喝茶聊天，她看到正在搬家的场景，脸上有不舍。我想，她大概是回忆起了那天微风吹拂纱帘的感觉。那晚，她一直等到凌晨 1 点食堂打烊，然后陪我们大家围坐一桌，把食堂的酒都喝光，所有食材都吃光，想说的话都说完。大概在凌晨 3 点，我送大家一一离开了“46 号”深夜食堂。

临走时，我把她帮我磨墨时画的那幅画送给她，她非常吃惊，连连表示感谢。

再见面，是我 12 月从北京回鼓浪屿后的那个跨年夜。我去素素店里找她喝茶，她把店里所有的茶都拿出来泡了个遍，还拿出一大堆的牛轧糖和菩提果给我们吃。她说再见到我，很开心；我能再回到鼓浪屿，她很开心。

刚回鼓浪屿那段时间，我一直寄住在朋友的旅馆里，每天逛全岛找新的场地。有一次，她带着几包茶和菩提果来看我，让我感动得不行。后来得知她们的新店正在装修，离我住的地方也不远，便找了个时间过去看看。那晚冷风吹着，我穿着蓝色长袍刚好路过内厝澳，看到一个背影像她，走进店一看，果真就是她。她正在帮着老板“胡子叔”装修，两个人“灰头土脸”地在倒腾着旧木板。

环顾四周，店内布置很有老鼓浪屿的感觉，非常多的老物件整齐地排列着。初次见“胡子叔”，给我一种爽利的感觉。提到“七小姐”这个名字，才知道它出自诗人“胡子叔”写的一首诗《七小姐》。

简单介绍后，“胡子叔”连忙招呼着素素给我们烧水喝茶，我说不麻烦了。他说，将就着喝吧！之后他就开始从一大堆杂物里翻东倒西，终于找出了几个杯子、简易的茶具、用几块木板的边角料做的茶托。就这样，我们几人喝着老普洱，说着笑着，让我全然忘记了急着找场地的烦恼。

没过两天，我就收到素素发来的消息——“今天小店新开张，过来凑凑人气吧”。我想要送什么礼物好，午饭过后，我就画了一幅条屏送去，表示祝贺。

后来，我有时路过他们店，就会去讨茶喝。有一次，她和我说：“前段时间我想离开鼓浪屿了，可是老板夫妻俩对我挺好的，现在新店开了，看到他们实在很辛苦，很用心做这家店，我也想帮着做点事。”我也一边安慰她，一边帮着出了点小主意。

有一次，我们刚好聊到未来食堂的装修会是什么样子，设想得非常美好，可是当时我还没找到场地。看她一脸的担心，我说，一定会有很好的地方，只是时间未到而已。结果，刚说完这些话，朋友就帮我找到了一个地方。我一看，心想，就是这里了！

搬家后的第一天她就带着牛轧糖来看我了。我也翻东倒西地找出了一些茶具、几个小杯。我俩喝茶到深夜，觉得心安处即是家。而后，她经常晚上来帮忙整理和收拾屋子，每次都带着吃的。后来有一天，她告诉我说：“以后我不能常来了，‘胡子叔’说以后上班时间要延长，每月休息两天。”我说也好。

现在，她还是“七小姐”家的素素，更是深夜食堂的义工。心安处即是家，祝福她。对了，别忘了过年来食堂吃年夜饭！

小野
2016.1.28

后记：

缘分匪浅。

在上文写完后不久，她就从“七小姐”辞职了，到食堂来帮助我。深夜时，她会跪在佛前抄写《心经》，抄完了，会和我一起喝茶聊天，聊过去的经历，常常会莫名地就哭了。她说想拜我为师，我一开始也没把这件事放心上，就没答应。那年春节，我爸妈从长沙去了厦门，陪我过年。记得年前的那晚，在一哥的主持下，素素倒了茶，下跪奉茶拜师，也跪拜了我父母，这就是我第一次收徒弟的经历。

此后，她跟着我经历了食堂搬家、重新装修。她因为做事不利索，被我妈嫌弃过，以至于后来她听到我妈的名字就会回避，现在想来也是挺有意思的。因为新场地前期运营有些入不敷出，我也只好暂时让她去了岛上朋友开的一家旅馆做前台接待。我记得她当时很不舍地去上班，在那边两班倒，有时候傍晚回来，会买些菜或者帮我取个快递。进屋后会帮着照顾食客，如果厨房有煲好的味噌汤，她会自己舀一碗喝。

那时候晚上等客人走了，我会在大厅和她讲《道德经》，每天讲三章，她有时听着会哭，有时会用笔写点东西，有时会哈欠连天的。

我问她："是不是困了？"

"这个听不太懂。"她不好意思地回我。

有时候，她也会和我说说在旅馆发生的故事，告诉我旅馆又重新种了一些花，她喜欢在晴天的时候，靠在水池边的椅子上晒太阳，逗逗隔壁家养的大萨摩耶。我知道她不想在旅馆上班，只是尽力在找些乐子打发时间罢了。我告诉她，可以在那边闲暇时练练毛笔字，抄抄经。她后来也照做了，带了笔墨纸砚去。回来时她笑着告诉我，旅馆那边也有人跟着她开始抄经了。

那段时间许是我压力大，心里想着让她回老家会好些，在这待着也是无趣，所以后来我就借着讲《道德经》的时候，说了点这个意思的话。她一向敏感，且最擅长琢磨人心思，立马就猜出我心里的想法，皱着眉头问我："师父，该不会想赶我回家吧？"

我笑着没说话。

后来，她连着几天都是闷闷的。有时候下午从旅馆回来，就打开冰箱拿出一瓶冰啤酒，夹一点我做的麻油面筋在盘子里，在大厅里一只脚踏在椅子上，坐着吃。吃着吃着，眼泪就出来了。

终于有一天，她告诉我，她买了回老家的机票。临走前一天晚上，雷声阵阵，瓢泼大雨浇在院子里。她在房间里一件一件收拾自己的衣物，装在行李箱里。我心里也是难受，就把脖子上的念珠取了送她。她收了放在箱子里，说会好好保存的，然后告诉我，有一些东西她带不走，我可以打包在纸箱里，等日后再邮寄给她。我说好，然后告诉她，收拾完就早点休息，明早的飞机别误了。

清晨 5 点多，我坐在床上从条窗看出去，她已经收拾好了行李，放在湿漉漉的院子里。我起床草草洗漱，准备送她出门。清晨带雾，鹭江上淡青色的水汽氤氲，她拖着行李箱，笑着说："师父，以后要好好照顾自己。"我看着海面上停着的船只没说话。直到看着她进了码头，走在铁栈道上，我在岸边一路踉踉跄跄地往回走，号啕大哭，全然不顾路上的行人。那时候，我不知道能否再见到她。

生活一向都是出乎预料的，没过多久，我也离开了鼓浪屿，去了北京的山上开始“隐居”。记得是在核桃熟了的时候，我会去树下用竹竿打一些青核桃下来，捡一竹篮子回山房。每天上午我会用石头敲开几个，拨了吃，然后煮点粥、喝点茶，就算是这一天的饮食了。

有一天，我接到电话，赶到山下去拿了快递上来，打开，里面全是各种坚果零食，我知道是素素寄来的。那段时间，晚上抄完经，就着酥油灯的微光，我就坐在木榻上，泡茶、吃些坚果。我有时也会分享一些山中照片给她。她也告知我，她正在西安一个公益读经中心做义工，每天陪着一群小孩儿学习传统文化。家里也催着她结婚，她觉得在中心待着挺好。我也几次邀请她，如果想来北京，可以来山上生活。她回答我，等有机会就来。现在想来，那段时光真是“轻断食”的美好回忆。

和她再见面是在一年后北京的村子里。那天，我早早就收拾出来一间亮敞房间，安置了床榻、书桌及一些文具，还特别布了茶席，放了两饼普洱茶，然后晚上赶到顺义的机场。我站在出口处，她依旧推着那个蓝色行李箱，人看起来消瘦了些，不过感觉没变，就好像几天前刚见过似的。回到村里，我带她简单参观了院子，就让她自己收拾行李，她看到茶，眼睛里就闪着光。

“暂时先这么住着，东西慢慢再安置吧。”我站在门口说。

“师父，已经很好了。我在中心住的时候，条件差多了，而且现在还可以泡茶喝。”她笑着说。

虽是在村子里，但每天的生活就如在鼓浪屿一般，我每日写写画画，她在一边泡茶、收拾屋子、准备餐食。我拿了几件师父给我看的全手针衣服，给她学习。

“这衣服都是在湖北一个县里买的，全是老衣服，你看这针脚，不是缝纫机踩的。”我把衣服翻开，露出里子。

“我觉得你也可以试试看，手缝一些东西出来。”我说着。

“好，我试试看。”于是她取了衣服回房间端详。我知道她心灵手巧，做手针活儿没问题，就去仓库翻出来好些老布料，有蓝格子的、藏青色的、米黄条纹的，还有针线，堆在她房间的桌子上。

为了更好地展示衣服和布料，我还特意在她房间的天花板当中安装了挂钩，垂下两根线，刚好在半空悬一根长竹竿。挂几件衣服，搭几块布料上去，从门口看，也像是一道屏障，把房间隔成了两部分。她也很欣喜有这样的工作间，后来她创作了三个随身小包，最后我们还一起合作设计了手作廿四节气年历门帘。

夏天的北京也是炎热的。我们中午就在有过堂风吹的走道里放上榆木矮桌，她会炒几个青菜、土豆之类，我们盘腿坐在草垫子上一边吃，一边聊制作年历的事情。对这件新奇的事，我们都是很期待的。我很早就设计完了稿子，用了二十四张手绘的蔬果画稿作为主图。我尝试了好几种棉麻布料，最后选定了一种，之后就是和印刷厂联系印制图案。这个过程曲折周转，用时一个多月。等拿到了印制好的第一版门帘布料，她就开始了缝制过程。

有了之前一个多月的手缝经验，她两天就缝制出了一个门帘子，拿给我看的时候，我心里很激动。

细密的针脚，丝毫不亚于那件手缝衣服。最精致的是，她自己琢磨出来，给串在竹竿上的门帘子做了一个细长布袋，多瓣莲花型制的收口，拉绳也是以凤尾结作收束。我拿着这个别致且轻盈的布帘子，深知其中是沉甸的。“很棒”——这是我当时给她的称赞。不过她对我说，还有很多地方可以再完善，对于收边她想到了更好的方法。

后来收到了最终版本的布料，我们就清理出天井、大厅的位置，她把头发束起来，挽起袖子跪在地上，拿把大剪刀，费了半天功夫，把将近一百米的布料裁成一块块门帘，铺满了 40 平方米的地。然后再把布叠成一摞摞。当时我拿出相机拍了照片，来记录这壮观的场面。

那时候她每天都在专心缝帘子，缝累了、眼花了，就会来书房，盘腿坐在榻上泡茶，找我聊天。她依旧最爱老熟普，且茶汤颜色越黑越好，所以她投茶量很大，有时还会故意出汤慢些，把茶叶闷一会儿，然后把茶汤倒在她那个土陶的茶碗里，把碗郑重地端起来，在鼻尖处停留一瞬，再一口喝掉。看着她满足的神情，我仿佛也知道了这个茶的味道。

她也喜欢一个人在深夜或者清晨到书房泡茶。喝罢了前三泡就回房间，这是她的习惯，她觉得一般三泡之后就茶水分离，只剩水味了。我偶然凌晨睡不着起来，看书房亮着一盏酥油灯，就会发现她在喝茶。于是我们就对坐在榻上。

她倚靠着墙，告诉我她来北京，是因为想逃离在西安的生活。在那里，她被中心主任介绍了一个“高壮富”的男朋友，而且那个男人是坐过牢、离过婚且生养了一个儿子的。小孩就在中心里学习，她之前半年都在代养那个男孩儿。说到这，她会很开心地笑。她告诉我，小孩儿很可爱，也很亲近她。那男人是山东人，因为她，也同住在中心生活，因为家境殷实，一直扶持资助中心的事务。这次大吵架，她也疲倦了，只是舍不得那小孩儿，说着便开始边笑边哭。

我开玩笑地说：“你这个后妈当上瘾了啊。”

她抹着眼泪，“呜呜”地笑。

随后的日子里，她偶尔还会和我说起一些过往的事情。后来有一天，她告诉我，那男人想来北京看她。我说挺好啊。不过后来男人没来北京，而是从西安回了山东。她自己也跑去了山东，去了男人家里。去之前的晚上，我知道她“路痴”，所以特意过去告诉她怎么换乘地铁去北京南站坐动车。她在屋子里翻出夏天的长连衣裙，“咔咔”撕成短裙，然后满头大汗地手缝封边。

她回来时，多拉了一个行李箱，里面满满都是男方家里送的礼物，还有带给我的礼物。我知道那个家庭是很愿意接纳她的。

后来的生活，她除了每日缝帘子，与我一起泡茶喝，还多了一项，就是和小儿子一起视频聊天。我常常在房间里听到她一个人在屋子里“哈哈”地笑，或者是语气很慢很温和地问：“今天有没有听爸爸的话啊？”“爸爸有没有给你买新的奥特曼玩具啊？”

没过多久，她带着新买的小铲车玩具，又登上了去山东的列车。

后来，我因为工作的原因，和素素一起搬离村子，去了南站附近的两室一厅居住。她住在次卧，没几天就把屋子布置好了，地上还放了布垫子，她说这样可以像在村子里一样，靠着床、坐在地上缝东西。依稀记得搬家之后，她就只去过山东一次了。尽管搬到南站附近，走几步路就可以去坐动车，但我也很少听到关于那家父子的事情，其中的原因我也没过问。

我每天基本9点出门上班，一个月差不多休两天，她在家缝东西、帮我煎中药、买菜做些家务。晚上我们会一起泡茶看电视，那会儿正演着《那年花开》。因为场景在陕西，而且里面周莹这个角色设定有地痞的眉眼，还蹲坐在地上吃饭，还挺像她的，所以我常常笑她。

她有一天笑着告诉我：“师父，我哥终于在寺院出家了。”

“那你父母知道吗？”我问。

“没有，他没告诉爸妈。”她回答。

“如果你爸妈去寺院要人呢？”我问。

“不会吧，我也不知道。”

这样平静的生活大概有两个多月，突然有一天，我在上班时，她发微信给我，说想离开北京，去山上找个道观修道。

那天晚上和往常一样，她端一碗煎好的中药给我，然后蹲坐在旁边泡着熟普洱，笑着笑着就哭了，止不住。我一口喝了半碗，说：“都想清楚了？你要是想走，我是支持的。只是你想到要去哪个道观了吗？”

“还没有，我想先去云南看个朋友，后面再做打算。师父，你知道吗？我们第一次在鼓浪屿见面的时候，你就说，我想要的，你这都有。还真是这样。我觉得我想要的生活，您都给了。我有时候在房间里缝帘子，看着外面蓝天，吹着风，觉得好舒服，这大概就是最美好的生活。师父，我上山修炼不老丹给你，你也好好保重身体。”她边哭边哽咽着说。

“什么时候走？”我问。

“明早的飞机，东西我今天都收拾好了。”她笑着说，“师父，把你手给我看下。”

我伸出手给她看。

她速度很快地用针在我中指上扎了个口，然后吸了一点血咽了。

我收回了手。

她明显松了口气。

那晚，我知道日后还会再见，便开玩笑地说：“这次你走了，以后就找不到我了。”第二天她离开时，我没有送她。没过几天，她就发消息告诉我，自己已经到了青城山安住下来。

她拍了道观山房的视频给我看，土墙漏雨痕迹明显，长了绿绿的青苔。屋内有一个架子木床，一张小木桌。我看完便写了幅“陋室”的字，画了一个葫芦，寄给她，顺带还寄去一些面粉和藜麦。

“我一直都觉得你很棒，心善手巧，且擅于观察人心。我时常想起你，心里也有愧疚，觉得没有将你照顾周全，当然这也是我不愿收徒弟的原因。青出于蓝而胜于蓝，我相信你。”这就是我想对你说的话。

小野

2018.5.2

·Y 小姐和“46 号”食堂

事情本来就是这个样子，什么都无所隐藏啊。

这本书里的文字，就是我真实的生活。我无意涉及道德，唯恐触及政治，也不想掺杂宗教，可是，生活的繁杂与琐碎，不正是因这些互相交叉而缤纷灿烂吗？

这半年来，食堂经历了两次换址，瞬息无常。幸而还有一帮交心挚友，乐此不疲地陪我折腾。在之前的故事里，Y 小姐初现，而后的故事一直没有再续，近日灵思一动，便记之。

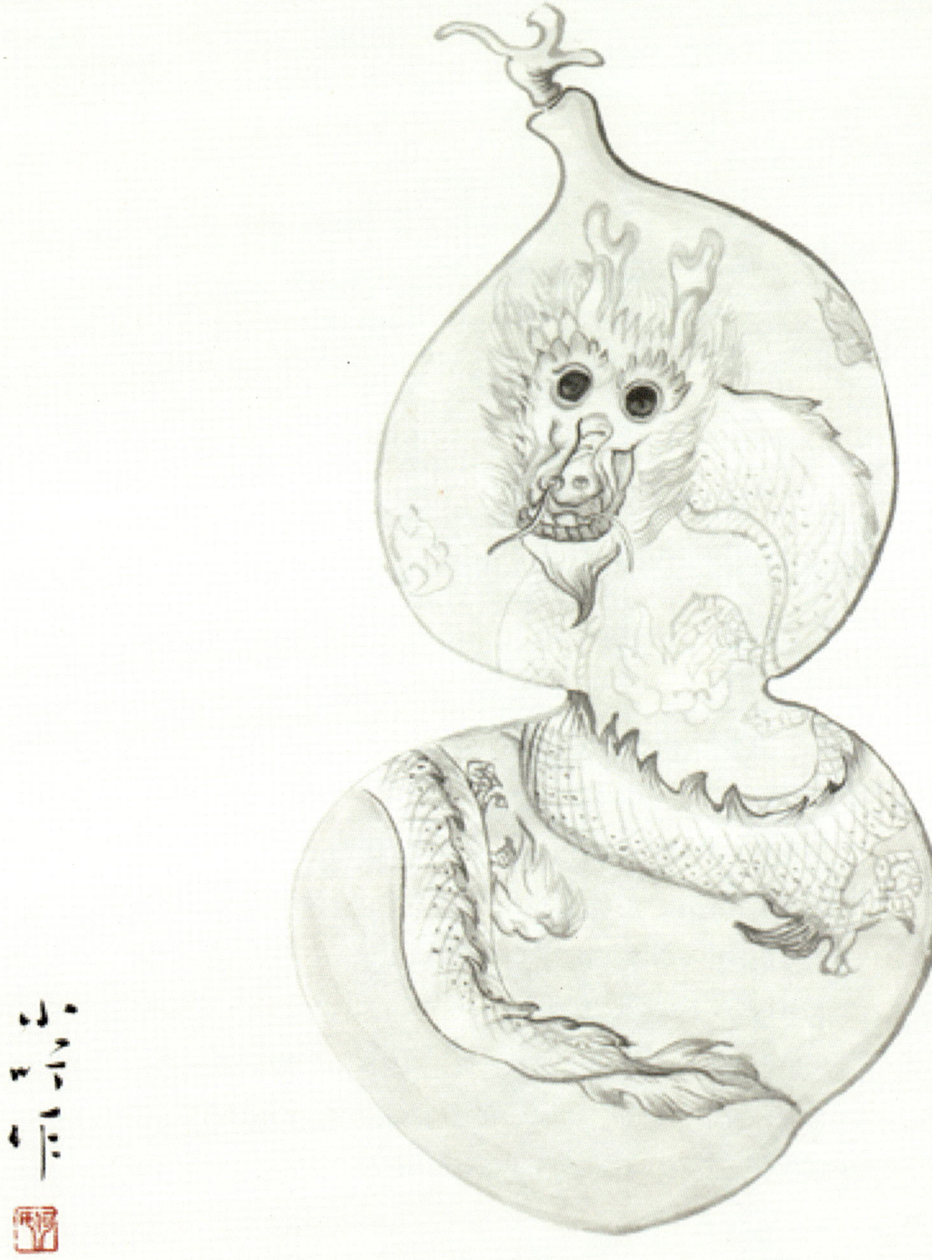

那次拜访完 Y 小姐后，Y 小姐有时会带好朋友来“46 号”食堂吃饭，我们也慢慢地熟悉了。有时一姐也会晚上一个人过来“蹭饭”，我每次都炒饭给她吃。那时候，我一直想做一套食堂的明信片，想请 Y 小姐手绘一套，一来二去，她就爽快地答应了。终于在 2015 年 6 月，她开始了深夜食堂明信片的绘画。

起初，我觉得食堂空间太小，没有几个角度可画，想着四张就好了。Y 小姐思索很久，觉得六张会更有分量，我问她：“你好画吗？”“应该没问题。”

还记得画第一张的时候，已经是下午 5 点了，Y 小姐提着画箱，在院子里来回转了转，一会侧头，一会抬头，选定了画“46 号”大门的位置。待她在小板凳上坐定，我问她要不要喝茶，她说不方便喝，一瓶水就好。于是我在门口卖酸梅汤的梅姐那买了一瓶水放她旁边，就回屋子备菜去了。临近 6 点时，我出去看，画中已经显出大概的轮廓了。她戴着耳机，问我有没有花露水之类，说蚊子太多。我连忙回房间拿了花露水出来。路上游客三三两两，都会驻足看她画画，楼上邻居的小孙女也一直在她身边，时而蹲着，时而蹦跳，时而哼唱着什么。

夏天的天黑得晚，6 点开始营业，她还在大门外继续画着，我忙完两桌客人的饭菜之后，就从窗户往外问她要不要先进来，她说再等等。

没过多久，她拿着画板和几盒笔进了屋，然后又出去拎了板凳进来，坐在观音画像下的书桌前，继续摊开工具画着。客人都在看着她，我看到画面已经黑白分明，节奏有序，心里很开心。我问她想吃什么，“随便吃点吧，还不饿。”于是我给她做了一碗猫饭，就着酱油吃。

“今天这张能画完吗？”我问她。

“可以的，线稿画好了，待会上点颜色，收拾一下就好了。”

而后，我一直接待着一拨拨的客人，来来去去。书桌的烛火荧荧，衬着袅袅香烟，那黑白的“照片”也慢慢被赋予了颜色。

待到10点，人尽散去，“46号”大门的画作已经完成，看了令人欢喜。

Y小姐说：“今天状态好，待会再画一张。”

“不累吗？刚完成一张了。”

“不会。倒是风吹着有点冷了。”她说。

“这老房子通风，我拿件长袖给你先穿着？”

“好。”

我拿出白色长袖衣服，她已经找好位置，马上投入到新画作中。我在一边思索着做点什么事好，便烧水泡茶，拿出Z先生送来的滇红，看了看，估计是最后一泡了，于是全部倒进盖碗。出汤，奉茶。我拿起来喝，口腔顿时充满苦味，便很不好意思地说：“完了，泡坏了。”

Y小姐说：“估计是茶叶下太多，没事，加点水稀释一下就好了。”

慢慢地，我看出了画的轮廓，老油画和墙上的字画慢慢地呈现出来，还有桌上的一副碗筷，还有猫咪的饭碗……画到墙上那三幅食堂菜品制作图时，她走近看看，竟把墙上画的字也一笔一画地搬到了画里，比如“黄油拌饭”“红皮香肠”。我说：“太细致了吧。”“这样好玩，有意思。”画里红红的印章怎么办？她思索了很久，最后问我要牙签。

“要牙签干什么？”我问。

“牙签的头可以沾上印泥，盖在画上，就是缩小版的印章了。”

哈哈，太精致了。

那晚画到凌晨3点多，我送她到门口，她说：“晚安，早点睡。”

第二天她发了朋友圈，以下一段摘自Y小姐的随笔《略记》。

昨天在路边画画，楼房里的三岁女孩在旁打扰我，说了一堆我听不懂的语言，心想小孩的世界我真不懂，只好点头称是。

然后她说：“你妈妈在哪？”

我愣住，第一次被人这么问。我说：“在家。”

她说：“不对，你妈妈在上班，你爸爸也在上班。”

“喔，是的是的。”我懒得费口舌，说，“你快回家找爷爷。”

楼上的一个阿伯出门倒垃圾，顺道走过来和我聊聊。他说以前工艺美院还在岛上的时候，还有很多学生画画，这两年特别少了，鼓浪屿不一样了。

夜里又继续弄笔。食堂的客人都走完了，我一边画，一边和小野聊着。他说之前总是和喜欢的人为了小事吵架，因为不愿意再吵架就不再相见了。对于爱情，每个人当然有自己的理解和追求。末了，时间已是半夜三更，我搁笔回了家，海边安静得没人看得见。

昨天早上熬的汤没来得及喝，保温到今天就苦得难以下咽。打扫，晾衣，泡茶，休养，一个人其实也挺容易的，想着想着，泪就下来了。

因为Y小姐的身体需要休养数天，六张画前后历时一个多月完成。完成的那一天，她告诉我，这一套画全部送给我，我非常感恩。后来我们把原画装裱了木框，刻版送去印刷厂，印刷了四千套明信片。而后，我和Y小姐一起从市区搬了六大箱子的明信片，坐船回“46号”。谁曾想，在两个月后，“46号”被政府征作博物馆，食堂搬迁。现在这六张原画静静地在新址“81号”摆放着，让人依然可以感受到“46号”时，那暖黄的灯光、阵阵梵乐和淡淡的檀香味，还有一个个简短的故事。

昨日雨后，我沿着海边走回“46号”，眼前的一切让我吃惊。我按着脑海里的记忆，对比着现在。工人们正在小心地打墙，凿出原有建筑的拱窗，还有雕花的回廊栏杆——这以前是我使用的厨房，现在它似乎回到了70年前的模样。我分明是高兴的，但同时还有着不舍和怀念。事情本来就是这个样子，什么都无所隐藏啊。

Y小姐最近去山上闭关创作，她的身体状态似乎一直不佳。去年因为在鼓浪屿找不到合适的房子，无奈地将工作室搬去了沙坡尾，也因此欠了许多房租。她是热爱画画的，那是她的使命、生命。认识她是我的福报，我感恩她在食堂留下的浓墨重彩的一笔。所以，我想把第二张画拿出来卖掉，以此抵掉她部分债务。（作品保留出版权，并无条件支持日后Y小姐办展之用。）对一切，我唯有感恩。

今天阳光很好，我觉得你是另一个我，静静的，很美好。

我感恩在鼓浪屿的每一天，谢谢有你们在我的生命里出现。

小野

2016.4.26

·初九

自你来到我生活中的那一天，我就做好了你要离开的准备。

前些日，我正盘腿坐在大厅里看书，初九很自然地跳上来，蜷在我的腿上。当时我放着音乐，它时不时跟着鼓点摇下尾巴，那一小段扭曲的黑色尾巴，慢慢地、静静地摆着。我也跟着节奏拍着它毛茸茸的肚子，突然，我很想用它的尾巴来写字，记录这个瞬间。

于是我在长桌上铺开宣纸，把它抱在怀里，对它说："乖，一会就好。"我捏着它的尾巴，在砚台蘸了一下墨，它全身抖了一下。我迅速写着，它可能还没反应过来，在我写完"馋"字时，它开始有点反抗了。我摸摸它的头，说："马上就好了。"然后蘸墨，没有犹豫地下笔写着。完成的瞬间，它跳出了我的怀抱，蹲在桌上舔尾巴。我笑着抽了一张纸巾，给它擦尾巴。于是，就有了唯一一张“丙申初九”落款的字，写着“馋猫”。

一

它一直都是馋猫，在我把它从外面大街抱回来的那天晚上，它就一口气吃了一碗猫粮。那时它只有很小的一团，看起来就两个月大的样子。那一天，是农历正月初九——月饼（我养的第一只猫）失踪的一个半月后。

而后，它慢慢熟悉了“46 号”的环境，从食堂、屋子到厨房。它蹲在厨房的窗户前，关注外面的世界，最后也学会了从窗户跳出去，躺在院子的地上晒太阳。

我知道，它总有一天会离开。我们互相陪伴的日子，我有吃，它就有吃。我没有用链子拴它，我睡觉时，也会开着窗户给它“留门”。它很爱吃花蛤。我从市场买了花蛤回来，用热水煮开的时候，都会扔几个花蛤肉给它吃。慢慢地，我每次在水池里清洗时，它一听到花蛤壳碰撞的声音，不管当时是在院子里乘凉还是在沙发上睡觉，都会冲过来，朝我“喵”。每次客人点了花蛤吃，它都在一边卖乖，想讨几个花蛤吃。

客人都会叫它“月饼”，我也不会纠正说它叫初九，因为我也很少叫它“初九”，我一般都叫它“喵喵”或者“喵咪”。

还记得有次来了一对情侣，坐在沙发上静静地看着初九。女生问我能不能用毛笔，我说随意使用。她很快就在宣纸上描画了初九的样子，我看到的时候，初九正蹲坐在画旁，对照看看，很是生动。问询得知，他们是中国美院的学生，她邀请我在画上写字，遂提笔写“初玖寫生像”，最后我们一起合影，现在想来，画面依旧清晰愉快。

留言本里还有很多客人给初九画的画像，整理一下估计都可以出个画册了，不过这也是以后的事了。

二

小时候，在家附近的月亮岛上，我见过山羊生宝宝，它的后蹄在地上上下跳动，慢慢地甩出一只小羊，直接掉在地上。不一会，小羊就可以直立站起来，让我很是吃惊。而我第一次见猫咪生宝宝，是在初九那儿。那段时间，它肚子大得很明显，而且非常贪睡。

突然有一天，它躺在我腿上睡觉，我觉得裤子凉凉的，便把它放在沙发上，起身一看，有一摊黏稠的黄液，我还以为是它尿了。它那天一直和我形影不离，我在厨房烧菜，它就蹲在旁边，我出来接待客人，它马上跟着。后来幸好朋友小鱼来了，小鱼说，初九是不是快生了？于是我们在它睡觉的纸箱子里垫了一层布，布下放了一张《心经》，以安慰它顺产。那晚折腾到深夜，安抚它睡觉后，小鱼回家，我也睡下了。

第二天，我起床看它，它的肚子小了很多，但是纸箱里没有小猫。我问它："你生的宝宝呢？"它对着我"喵"。我听不懂，在房间里找了很久的小猫，也没见到，于是作罢。

第三天，我看到它钻到院子里搁置的小木船里，于是我跪在地上，侧头往船里看。呀，是小奶猫的声音。我赶紧回房间拿了纸箱出去，慢慢地翻开船板，见到四只毛茸茸的小东西抱成团。初九抬头朝我"喵"。我一只一只地小心地把小猫装到纸箱里，把纸箱抱回房间的时候，我想着，真是大丰收啊。

给四只小猫取名字是个难题。我习惯性地根据毛色来定名，一只全黑、四脚白的，叫它"小黑"；两只毛色酷似老虎纹，就叫"虎皮"吧；还有一只黑白相间的，遂叫作"黑白"。不过我平时都一律叫它们"喵咪"。初九虽是第一次当妈妈，不过对于喂奶的工作很尽职，还给每一只小猫洗澡。可惜好景不长，第五天的时候，我发现纸箱里有一只"虎皮"不动了，身体冰冷。

那是我第一次触摸如此冰冷的身体，我深深叹一口气，用《心经》把它包好，埋在了院子的含笑树下。

三

后来三只小猫都顺利长大，它们或抱团行动，一只一只都偷偷溜出去放风；或互相躲猫猫，玩偷袭；或者初九会摇摆着尾巴逗它们，三只小猫便一起扑抓妈妈的尾巴，然后轻轻地咬玩。有一次，我听到厨房玻璃瓶破碎的声音，我赶紧过去看，刚到事发地，就又有两个啤酒瓶碎掉，只见满地的啤酒，空气中还弥漫着泡沫酒味。两只小猫全身湿漉漉地，站在一边瑟瑟发抖。我正拿扫把清扫的时候，又碎掉一瓶……然后小黑从墙角钻了出来，躲到一边。

我一时气昏了，拈起小猫就往房间地上扔。初九在一边大声“喵”，赶紧跑去舔小猫。我想，那是一个很糟糕的上午。我清理了很久的厨房，出去时，发现三只小猫都蜷缩在初九怀里吸着奶，大猫一直在舔舐它们。两个月后，虎皮和小黑都被朋友要去喂养。我继续养着初九和小猫黑白。

四

去年 11 月，因政府回收房子作博物馆，食堂无奈关门谢幕。事发突然，初九和黑白我就托付给了好友独立摄影师麦克喂养。那晚他们带着大笼子来，我小心地把两只猫放进去，作了告别。第二日早上，我发现初九回来了，我想它还是喜欢这里。后来麦克告诉我，那晚初九跳窗逃脱，黑白在新家却很适应。我想，不强求了吧。我最后离开“46 号”时，给初九准备了一大盆猫粮在厨房。它躺在沙发上睡觉，过来清理房间、回收旧物的女人说：“这只猫死了吧？一动不动。”

我拖着行李箱，又和它作了告别。

五

离开鼓浪屿，在北京学习的时日是富足快乐的，只是我心里放不下厦门的人、事、物。半个月后，小朋友专程去“46 号”看望初九，发现它仍在院中，只是“46 号”已满目疮痍，大门处安装了铁门，像是要把这段记忆尘封一般。小朋友把带的鱿鱼丝给它吃，它一下吃了半袋，哽咽处，它又吐了出来。最后，它从窗户跳回了原来的房间。我想，终究是我抛弃了你。

六

临近元旦，我最终“逃”下了山，似两年前一般信心满满地回了鼓浪屿。再去“46 号”找寻初九的时候，我发现它已不在。我绕着船屋三角形的围墙走了一圈，也未发现它。我“喵喵”地叫着它，突然它从船屋的铁门钻了出来。我一眼就认出了它，吃惊又欣喜。它消瘦了许多，颧骨突出。我蹲下身，想摸它，结果它躲避了一下。我知道这些时日它吃了很多苦。我又伸出手，它便凑近了。

这时候，我不知道说什么，只有对它念着“皈依佛，皈依法，皈依僧”。我抱着它，感谢它。

七

后来我每天都去“46 号”附近给它喂食，同时我也找寻着合适的场地作为食堂。半个月后，我找到了新的驻地——乌棣路 18 号。搬家完毕后，我接回了初九。它终日都蜷在坐垫上睡觉。我们吃饭的时候，它会马上冲上桌来，似野猫一般，全然没有以前的温顺。我理解它，告诉它要听话。没过多久，它肚子慢慢大了，我想着，难道又怀孕了？

八

我想，我和初九的连接是很深的。由于乌棣路 18 号邻居的不理解，我被迫关闭了只营业了四天的食堂，继续每天找寻着心里的院子。这时候，初九早产了。依旧是四只小猫，红红的小身体像老鼠一般。我把它们安置在纸箱里，一切都和以前一样。冬季的海岛，非常湿冷，加上阴雨绵绵，整个世界都处在水汽之中。小猫出生五日，仍未长毛发。

慢慢地，初九开始独自睡觉，不去喂奶了。我探头去看小猫，发现已有一只去世，另三只小猫身体冰冷。我念着“阿弥陀佛”，拿《心经》包好去世的那只，到院中掩埋，又找了干的布垫，将另三只放在上面，用灯泡作热源，把初九抱进纸箱。只见它站着舔了舔小猫，然后才慢慢蹲身躺下，把小猫护在身下。我想，这下应该有救了。

但过一日，死去一只，再过一日，窝里只剩一只了，另一只消失了。

那段时间，是我的低谷，也是初九的低谷。它依旧每日吃猫粮、睡觉、“喵喵”。

九

我搬来“81 号”后，天空转晴。小院里阳光明媚，草长莺飞。

初九现在长了一点肉，晴时它在花草间小憩，雨时它蹲在门口发呆。朋友和我说，带它去做绝育。我笑笑，想着师父和我说过的话："佛祖家当……八面玲珑……动物任其孕子，植物随其流香。"我拿出以前给"月饼"做的猫粮钱罐，换上了"筹钱买猫粮，初九留"的字样。

现在来的客人，应该都知道它就是"初九"，是我正月初九从外面捡回来的。

小野
2016.5.2

·卿姐

收到你的消息："祝深夜食堂两周岁快乐，我们去年的今天去的，今年我们一行人打算去青岛崂山玩。小野最近好吗？"

"都一年了。你和男朋友还好吗？"

"挺好的，准备互相见家长了。之前你送我的扇子，出租房里灰尘多，一直不敢用。现在搬了新家，可以拿出来用。"

我拿出留言本，翻到你们一年前写下的文字：

二〇一五年六月二十五日　天气晴

老板会记得我们的吧？！

在湿气浓重的深夜里，我们一行八人，组队摸黑来到了深夜食堂。于我，这是一处拐角的惊喜，是山穷水尽之时的清喜水泽。

饥肠辘辘的我们谎称走了五圈，才寻到了这里，敲开木门的一刹那，我们都带着“必须吃到饭”的各种勇气。心软心慈的白衣老板开了门，接纳了我们，也抱歉地说，其实饭菜分量不足八人份。我们央求后，终于得以进入食堂。这儿有个画素描的姐姐，墙上是主人清秀的字体……由于太激动，错别字太多，见谅。

远渡风雨，跨越一千多公里，跌跌撞撞来到此处，愿时光记得这一段珍贵的回忆。感谢老板的收留，今夜的记忆，将历久弥新。

二〇一五年六月　青霞

留言本一侧还写了八人的名字。我当然记得你们，来自上海的一群充满激情的少年。

那晚，你坐在两桌中间的书桌上写留言，可能大家只看到你写的这一段话，但后来我在本子的后面，还发现你的另一篇留言：

我知道 时光过去 不再回来

我也知道 这个夏天 将温暖我的生命

我只愿 深夜食堂 生意兴隆

我希望 生命里 收获爱情

与这个人 终止一生

爱情细水长流

另，都茵姐的画很美

2015 年 6 月 25 日

卿沁

那晚，我已经打烊，Y 小姐正在画食堂的明信片，你们的到来，在当时确实有些打扰，不过这也是缘分了。那晚，和你们喝了几盅酒，你们问我开店的经历，也分享了你们的故事。你跟随男友，放弃了自己空姐的工作，来到上海做了朝九晚五的上班族。你男友是电台主播，平时喜欢为听众分享故事。后来你们留下了荔枝电台的频道，可惜我已找不到那个笔记本了，未能听到……

自从去年我开放解忧信箱起，就有一些食客和我书信往来。我还记得你给我写的几封信，你告诉我，和我是同姓，是本家，所以后来我写信都叫你“卿姐”。

你寄了一本书给我，三毛的《撒哈拉的故事》。在书末页你写下：“二〇一五年六月夏，赠小野，沪上，何卿。”你告诉我，日后你会再来食堂，届时取回这本书。所以到现在，我也没敢把这本书送人……

说来也有趣，我看完这本书，就坚定了继续写食堂故事的信心，虽然有些故事涉及当事人的隐私，或是其中人事受到当下的道德压迫，但是，我想真实地记录，正如三毛的书一样。

你在信里说，你回去上海，和男友的妈妈分享鼓浪屿的游记，告诉她深夜食堂的小野非常有才，以后一定要来见见。

我回信说，你把我说得太好了。

元旦前我在北京，有一次和我妈妈通完电话，因为钱的问题，妈妈直接拒绝了我的想法。我当时很失落，拿出手机，拨了你的电话。你接电话的那刻，我就在哭，哭了很久，你也听出了我的声音，还有点吃惊。

你安慰完我，我问你最近如何。

你告诉我，你想再去面试航空公司，但男友不支持。

我说，男人应该帮助女人去完成她们的梦想。

你笑笑。

那是我们唯一的一次电话联系。

现在，我每次写故事，你都会看，偶尔会留言评论。

你在朋友圈里记：“爱藏在字里行间，无所谓远方。终其一生，只为找到真正的自己。”

小野
2016.6.27

“81号”四时堂

由于鼓浪屿申遗，鼓新路46号被收回作博物馆。
食堂不得不搬离，如此便有了我的第二次创业。
我辗转搬到了鹿礁路81号院子，做起了四时堂。

81

·逃跑计划

我回到鼓浪屿已有三天，新年也过去了三天。一直没有写 2015 年的总结，趁着现在外面阴雨绵绵，便花点时间写点东西。

第三次逃跑

我总是跟着感觉做事情，感觉元旦的鼓浪屿会发生好事情，于是 12 月 30 号偷偷地从慈溪小五房逃回了厦门。

为什么是逃？

12 月 29 号我回到小五房取行李时，大家都非常热情，说这次回来就不要走了，在小五房一起过年。那天中午11点我到达鸣鹤古镇，走过戏台、穿过小河、踩上石桥时，我觉得非常踏实舒心，回家的感觉油然而生。小五房的家人们一看到我出现在院子里，都赶紧围了过来，给我大大的拥抱，责怪我怎么去苏州看个画展看了一个月，他们每天都期待我回去。然后领着我去吃饭，告诉我，我以前住的房间他们一直都留着，待会帮我重新铺好被子。

而后，他们都纷纷告诉我最近小五房发生的事情，如免费素斋、《弟子规》学习班等都在进行当中。而且他们每天都在认真抄经，还主动分享一些抄经时的感受给我。他们的笑是那么的真实，那是从内心发出来的喜悦和满足。他们还会问我一些问题，阿辉哥拉着我喝刚到的老班章，希望我写一幅“以茶会友”送他。他告诉我，他最近都在学习茶知识，还把做的笔记给我看，希望我能在小五房的微信平台里分享出去，所以想让我有时间可以拍一些茶室的照片作插图。笔记写得很认真，每一种茶的特点都写得很详细，字迹也很清晰，像是誊抄了一遍。

陈总也和我分享最近开设《弟子规》学习班的情况，并想在小五房多设置一个书吧，放更多的书籍和展示教学的视频，希望我可以给意见，给书吧做室内设计。她说，这次回来就不要走了，我们都需要你。

我握着茶杯笑笑，说好！

那天下午，我一直都拿着相机，想多拍些东西，每一个角落都不想放过。我发现院中的兰花谢了，也开了；上次大姐在二楼屋檐打翻花盆散出来的泥土已经被雨水冲刷掉了；我贴在书吧门上的“免费抄经处”红纸已有些潮湿变色了……我感觉到我的不舍，我不舍小五房的家人们认真学习的浓浓氛围，还有这儿人与人的亲密无间。

那晚，我处理完拍摄的照片，分享给他们，又从行李箱中取出信纸，给陈总、阿辉哥、小晴姐、小萍姐等小五房的家人们各自写了信。我心里唯有感激，感谢他们对我的照顾。我写了一幅“以茶会友”送给阿辉哥，留了两套食堂的明信片，然后把它们整齐地摆在我房间的桌上。

我心里很想参加第二天早上的早课，但是，那样的话，我如果说要回厦门，他们一定是不愿意的。若实在拧不过我，他们也会特意安排车子送我到车站，所以我决定偷偷地离开。

第二天，趁着大家都在课堂里早课，我就提着行李箱，背着包悄悄地走了。

在长途公交上，我告诉小晴姐，我留了东西在房间，让她去拿。紧接着，他们的电话就打过来了，我听得到他们都在大声地表达意外，还有柔软的责问。我说，我会再回来的……

第二次逃跑

坐在从北京飞往宁波的飞机上，我心里默默地说着，北京再见！飞机起飞后，穿过了厚厚的云层，我从小窗俯视下去，又想，再见雾霾！

今年8月，我在鼓浪屿做了四时堂，有了自己的大长桌。每天早上起来，我就会沉浸在那个小空间里，写字画画，焚香煮茶。画了一段时间后，我便觉得自己应该拜师学画。于是我告诉我大学时认识的谦和师父，我想学画，顺带发了一些山水习作的照片过去。没想到师父非常认同，让我去北京学国画。

我花了一个月的时间运营深夜食堂的“老板体验月”计划。托付了四时堂，我便买了去北京的机票。10月30号，师父让我改去宁波，说在慈溪有个道场需要帮助。于是，我改去了小五房，和师父一起参加了他们的开业典礼。那是我和师父的第二次见面。在小五房的饭堂，虽时隔两年方再见，但师父亲和依旧，让人感觉如沐春风。而后，师父领着我去普陀山朝拜，我一路跟随师父，去了郑州、盘锦、锦州，最后回到北京。

一路上，师父如同婴孩般简单真实的生活状态，深深地感染了我。他什么都会和我一起分享，处处都为我着想。师父有的，都会分给我一半，所以大家都叫我“小师父”，对我十分恭敬。同时，我也会十分愧疚，觉得自己的修行还没入门，做得太少。后来，我开始试着做关于师父的微信平台，把师父日常的生活都记录下来，七碗茶会、佛诞供灯、日常开示……大家都说这样可以更亲近师父，每天都学习佛法，都非常感谢有这样一个平台。

有一次，一位师兄给师父顶礼完以后，转身给我顶礼叩拜。我当时心一下就震动了！她说，非常感谢我能陪着照顾师父，把师父的生活都记录下来、分享出来，她觉得这件事功德很大。说着她就哭了……

北方的冷，深入骨髓。我穿着师父给我的厚厚的僧服棉袄，看着秃秃的树枝上偶尔停留的麻雀。群山绵延，白雪皑皑。我爱山上梨园的阳光房，喜欢每天傍晚和师父一起上山点灯，然后给地藏王菩萨上香，拜完以后去旁边敲敲水晶钵，再坐到古琴边，弹两句《枯木寻禅》。师父说，待来年开春，外面梨园的梨花全开，我们就可以请大家在花下喝茶，在阳光房的地毯上，把《盛世滋生图》全幅展开，一起赏画。我说，那太棒了！

生活是极美的，而我，心里却依旧牵挂着鼓浪屿。我冥冥中感觉这段缘分未完。那晚，天飘着雪，我终于鼓起勇气，深夜到佛堂研墨，给师父留信。写完信后，我在佛前顶礼三拜，祈愿一切安好。

第二天凌晨5点多，我把师父给我的衣服、钥匙和信留在了房间。我背上包，在师父房前的雪地跪拜，然后悄悄下了山，走了几公里山路。等终于走到了六环的立交桥，天也放亮了。上公交车的那一刻，我全身冻得发僵，像是一个难民。此时窗外冰冻的世界，突然出现了一丝阳光，透过树枝照见这世界。我的心，顿时融化了。

“看到你的信，心里莫名地难过。师父等着你回来。”

第一次逃跑

深夜食堂的食客量开始呈指数爆炸，是2015年的元旦。通过一大波北京客人的网上满分点评，食堂每天来的客人都要排队才能吃到饭。到 8 月份的时候，我的生活已经非常稳定，我也很满意当下的状态。可是，我需要每天接待很多客人，因为一个人的接待能力有限，我需要拒接部分客人。我开始逃避，我就想一个人待着……

于是，我做了四时堂，它更像是我的书房。我慢慢感觉到，我骨子里是喜欢安静的。我很享受一个人待一天，不说话，静静的，也很好。

“师父，我最近在自己画一些山水，慢慢发现有很多问题，我想拜师学画。”

“很好啊，你可以来北京学习。”

现在，我在鼓浪屿，打算开一家店，叫作“深夜食堂（素食版）”。我在普陀山发愿，我以后吃素，不杀生。明天我还要继续找合适的地方，安放这个理想。心安处即是家，2016，新的家。

小野
2016.1.3

·无常之间

好像又回到了原点，但是，回到原点的我不一样了。

去年春节，我买了机票，让父母来鼓浪屿过年。那十天，他们在“46号”早起帮我收拾屋子，做了几个收纳柜，还帮我接待了很多食客。除夕夜，食堂的客人非常多，我们和客人一起过的年。临走时，我妈非常不舍，哭着说待不下去就回长沙，家里给你准备房子。

今年腊月二十六，我依旧接了爸妈来鼓浪屿过年。在接机的时候，爸妈已经认不出我了，我在出口拼命招手，他们才发觉是我。那天，我穿着蓝色长褂，黑色宽腿裤。妈妈说我太瘦了，不过长高了些，她又自顾地说，可能是这套衣服显高吧。

回家的路上，我告诉他们新房子的大概情况，说新食堂开业的几天客人很多。他们问我和邻居的关系如何，我说不太好，打算明天早上上门去拜年。

进了屋子，爸妈先环顾四周。我说有四五个好朋友一起帮忙，重新布置了房间。妈妈抿着嘴，点着头，爸爸在一边笑着。我说相对于原来的“46号”，这里更宽敞，延伸空间更大些。我一边说着，爸爸就在一旁，把从长沙带来的装了两行李箱的特产拿出来，准备放到冰箱里。妈妈说，明天拿一条“金芙蓉王”烟、两块腊肉，去邻居家拜年。

第二天，我领着爸妈去了邻居家。敲门后，我叫大伯好，大伯正在看电视。互相简单介绍后，大伯直接进入话题：“不用送东西来啦，我们这个院子住的几户都是亲戚，你儿子租房子住在这里我们很欢迎，但是这几天有陌生人进来，我们就不喜欢。因为平时我们都是不锁门的，如果以后丢东西或者怎样，那我们找谁呢？”我解释说：“客人我们都会接送，来这里的客人也都是很安静很自觉的，不会发生这些问题。”大伯说：“没用的啦，你在这住家没问题，偶尔有几个朋友来，也没事。但是每天都有陌生人来，我就会找你们房东来。”

协商未果，那天晚上我爸做饭，他做了两个辣菜，大伯又过来说：

“太呛人了，不要吃这么辣嘛。”于是，我们关着厨房门窗做饭。

第三天，房东妻子来了。进门看到我布置过的房间，说这种风格她很喜欢。我招呼她坐下，上茶。房东妻子说：“邻居和我打了好多个电话了，我丈夫在鼓浪屿开店，也很忙。快过年了，我就来看看。”

我说：“很抱歉，没有处理好和邻居的关系。”

她说：“我看你房间的布置，很素雅。你是信佛吗？”

我回：“是的。”

“这么小的年纪信佛的很少，你为什么会选择这个呢？”她很认真地看着我。

我说：“没有选择，这是一条必经的路，只是我现在到了这个阶段，该修自己的心了。”

她犹豫了一下，说：“我是信基督的，你是信佛的，我怕以后会有些冲突。我说话比较直接，你不要介意。”

我说：“基督教和佛教是没有冲突的，大家都是信奉一位比自己觉悟高尚的人，我们可能会叫他真主，或者称他如来。”

她有点激动：“那我们只会信一个神，而佛教有太多神了，如来、观音，不同地方有不同的神。”

我笑笑说：“其实我们信仰的是自己，自己的心，从善的心。”

她便没接话了，和气地说：“你住在这里我很安心，不过邻居不太好协调，你偶尔接待客人是没有问题的，太频繁可能就不行。我待会去邻居家再说说，我们都互相理解一下。”

我说：“好，辛苦你了。”

当天晚上，来了五六个岛上的朋友一起聚餐，家里正在做饭时，邻居以为我还在接待客人，在门口骂了几句，便拿出手机给房东打了电话。

爸妈做了一大桌饭菜，朋友们都很开心。席上敬酒时，爸妈都显得比较忧虑，着急房子的事。朋友都在安慰他们，我一直笑着不说话，因为我知道这点事不算事，很快会过去。

第四天下午，我正坐着喝茶，突然房东来了，站在门口看了一会，估计是对屋子里的变化有点吃惊。我连忙招呼他坐下，房东说：“好好，我先看看。”于是把屋子都看了一遍，又上楼去看了看。

“这些都是你画的吗？”他问。

“嗯，前几天画的。”

我们相对而坐，笑笑。

他说：“昨天邻居又打电话给我了，说你又在接待客人。我这几天电话都接了十几个了，实在没办法，今天亲自来看看。”

我说：“很抱歉，昨天岛上几个好朋友在这吃年夜饭。”

他说：“这个屋子挺安静的，挺适合你这样静心的人住着，但是做食堂接待客人，可能不太合适。我最近在鼓浪屿的山上刚弄了一个清净地方，三个独栋老别墅，有个大院子，租期很长。回头我叫人带你去看看，合适的话你来做。”

我笑笑没说话。

“这个房子你先住着，房租我也不收你的。只是这段时间不要再接待外客，大家过个好年。”

我笑着点头。

“这个屋子做食堂，还是小了点。你的局面也不止这些，山上安静，更适合你静心。我们虽只见过两面，但是我知道我们肯定是好朋友。”房东说。

我仍然是笑着。

“那你有什么想法就告诉我，回头你去看看那个场地。我待会去邻居家拜个年。”

我笑着送他出门，心里很感谢。进屋我看到爸妈笑了，像是冬日里出太阳。

今日，我开始慢慢把屋子里的装饰收起来，恢复房间原来的样子。一切似乎又回到了原点，但是，经历过了的我们，却是不一样了。

小野
2016.2.10

· 拾遗

从船屋旁边很陡的小路上坡，走上一长段麻石台阶，眼前顿时会豁然开朗。跟着感觉继续走，你便会看到几个巨石相互依靠成团。本以为没有路，可是脚步依旧前行。在圆石处转弯，便会看到巨石环抱的合围空间，登上圆石，便会见到一条修长简单的铁梯，这时的内心是欣喜惊奇的。扶着铁栏杆而上，一片海景呈现于眼前，草长莺飞，清风阵阵。

这是两年前我第一次来这里时的感受，后来才知道，本地人称这里为“月光岩”或是“祷告石”，和它对望的便是著名景点“日光岩”。月光岩一直是大家不愿对外提及的秘密，所以游客甚少。

那时食堂就在船屋隔壁，所以我经常到月光岩看日落，直到天黑才下山。一直以来，我也按约定保守着这个“秘密”，很少带朋友来此游玩。

两天前，阳光明媚，我突然想到月光岩晒太阳。还未登上岩石，我就已经听到嘻哈嘈杂的声音。刚站上岩顶，便被拍婚纱的摄影师请去一边，因为我进入他的镜头了。我早有耳闻，现在月光岩已经成为重要的拍婚纱地点。我在鼓浪屿也习惯了这样的场景：三五人一行，到处赶场子。

在岩石边缘坐下，眼前的绿丛中全是垃圾，放眼望去，海对岸的海沧区亦是高楼林立。

我闭上眼睛，盘腿而坐。风穿过头顶，慢慢从鼻尖吹过，而后感觉它穿过我的身体，直至感觉不到身体的存在。

今日午饭过后，我便带着小强和素素去月光岩捡垃圾。不一会儿，我们带去的三个大袋子就被全部装满。然后我们提去倒掉，又捡，再倒掉，再捡。

其间，我捡到扑克牌的时候，脑子里感受的是三五好友一起打牌的热闹气氛；捡到空水瓶的时候，我感受到了当时解渴的满足感；捡到婚纱灯光师的工作牌时，我感受到的是他事后找东西时的迫切心情；夹起一片片拍婚纱时撒的金片、花瓣的时候，我分明感受到的是新人的喜悦……

一层层的绿植中，储存了太多的故事和记忆。当我将其一点点拾起的时候，我都感受着这样那样的心情。

月光岩，一片心灵的净土，一块藏着无数片段的祷告石。这里草长莺飞，凉风习习。

写此文时，我突然想起了我很爱的一部电影《再次出发之纽约遇见你》。我最喜欢电影中他们戴着耳机坐在马路牙子上看行人的那一段。耳机里流淌着音乐 *As time goes by*，Dan 对她说：“我之所以喜欢音乐，是因为生活中最普通的一幕突然充满了这么多的意义，所有的琐碎因为音乐变成闪亮的珍珠。当我越来越老，这些珍珠对我来说就越来越珍贵……你必须经历很多去收集这些珍珠。”

小野
2016.3.1

· 黑白记忆

前几日，义工小强从老家回了鼓浪屿，便直接到了我搬到的新地方看我。几碗茶喝下，他问我是否还有“46 号”阿婆的消息？我说没有。

“那一整栋楼的 6 户人家已经全部搬去了厦门市区火车站的安置房，当然还有卖酸梅汤的梅姐母女。去年 11 月政府让我们都搬走的时候，非常突然，前后就给了一周的时间。当时大家都在忙着搬东西，我最后走的时候，阿婆感觉突然就老了。83 岁的她原本看着只有 60 多岁，感觉一夜之间她就老了。前一天发生了什么事，全部记不起来。”

小强默默地听着我说这段话。

“对了，我有个宝贝，可以送你。”我转身走到壁柜找东西。

“这是当时搬家，我从阿婆扔到门口的垃圾里翻出来的。是一个相片本，里面有很多老照片。我当时问阿婆，怎么扔掉了？她当时傻傻地说，都不要了，都扔掉了。我翻看了一下，有很多她去世老伴的照片，我问她，这也不要了？她说，都不在了，不要了。我说，那我留着吧，送我。我当时就留了几张黑白照片做纪念。”

“这张送我？”小强吃惊地问我。

“拿去吧，我拍个照片看看就好了。”于是，我把几张黑白照片都拍到了手机里。

他拿着阿婆的那张照片，眼睛湿润了。

阿婆 18 岁时不顾家里的反对，从惠安嫁来鼓浪屿，当时厦门战火纷乱，经常炮弹纷飞，阿婆对家人说，鼓浪屿是公共租界，不会有炸弹。就这样，阿婆在这个小岛上一待就是 60 多年。刚来鼓浪屿时，阿婆在美国领事馆医院做护士，虽然大字不识一个，不过扎针技术很好。后来医院搬迁，阿婆就被分配到医院旧址鼓新路 46 号住，这一住就是 50 多年。

阿婆的老公以前是鼓浪屿二中的语文老师，非常勤劳。教书、带孩子、上课、大小家务全做，家里很多木柜子都是他亲手做的。

十年前他去世时，阿婆整个人都塌了，进厨房就会不停地哭，因为阿婆不知道煮饭时水要加多少，米要放多少。

我做四时堂的时候，想找阿婆借几张老照片挂在墙上，作为与过去的连接。当时阿婆是拒绝的，她藏着照片说："不好看，不要。"

现在想来，脑子里还是她老人家的微笑，尽管皱纹很深，但确是充满慈爱的。

今日记录这些，我想这是属于鼓浪屿的记忆，是一代人回忆的缩影。黑白影像里的世界，五彩斑斓，美好纯真。

小野

2016.3.2

· 了闲

了闲，闲了。

了闲。我搬来鹿礁路 81 号，已一个月有余了。初来这个独立小院时，我便心生欢喜。这里是传统的闽南红砖民居，木质的小院大概就八平方米，院子角落有一树桂花开得正香，还有一棵一人高但是干枯的山茶花，似乎在静静地等待着春天的到来。

当时我在鼓浪屿正四处寻找新场地安放深夜食堂，恰逢鼓浪屿申请世界文化遗产，房源紧张，价格奇高，我苦寻了一个多月终是

无果。其间小岛上各路好友都在极力帮助我，最后牵动了从小在鼓浪屿长大的原住民包姐一家人，终于寻到“81 号”。中介带我们来看房子的时候，房主未出现，也没有定租金价格，只知道房主有意愿要出租而已。看完房子以后，“81 号”就深深地印刻在我心里，后来包姐的妈妈还特意去联系居委会的好友，帮我打听“81 号”的消息。之后半个月，我也陆续看了好几处房子，但心里都没能抹去它的影子。

念念不忘，必有回响。后来终于寻得房主，发现是几年前购买“包妈”老宅的邱先生。事情似乎有意思起来，于是包姐帮忙牵线，约了房主一起喝茶。还记得那天下着大雨，我披着斗篷，腰间别着香牌，但钱包空空。和包姐一起坐船过去时，我笑着说：“我有预感，待会会很有意思。”我们相视而笑。

到了邱先生家里，我感觉大家都在打量我，而且露出会心的笑容。坐下后，邱先生奉茶，聊着这几年生活的变化，不变的是包姐依旧年轻的容颜。接着聊到，“81 号”原是邱先生去年大费周折刚购买的老宅，本想给老母亲居住，因为小岛太过潮湿，现在就闲置下来了。老母亲每天吃斋念佛，邱先生见我一身穿着，知道我也是信佛之人，便客气地说：“这个房子你们不嫌弃，就直接住好了，我也不收租金。尽量保护好，因为我打算一年以后要投资出售的。”包姐笑着说：“那也太麻烦了。这样吧，让中介定个友情价，我们也一定会保护好房子，最后完好如初地交还。”房主说：“那就好。这房子我之前买了一棵茶花树放进去，没人养护，现在好像死掉了，到时候换一棵好了。”

“放心吧，我们到时候会把花草都打理好。”

对话果然很有意思。就这样，我们按友情价租下了“81 号”。拿到钥匙的那一刻，我想着，一年时间，我会好好在这里做善事、修德行，因为“81 号”就是福地。（以上内容，一直是我们与房主之间的秘密，我想我是无所隐藏的，故记之。）

枯死的山茶树，我凭感觉挪到了院子中间，相当于做了一个屏障，不至于从大门口能一眼望尽院内。我又在两旁各设置了对坐靠椅，围绕山茶种了很多金边吊兰，置两丛红杜鹃、一棵滴水观音、一盏烛火，就这样，三两好友在院中喝茶论道，甚好。

一日放晴，我在大厅看书，外面鸟叫甚欢。我侧头看向院中，见吊兰新发的绿芽依靠着山茶枯枝向上生长，含着露水，绿色莹莹。想到《素书》里提到的，“仁者，有慈惠恻隐之心。”于此景，见到花开会欣喜，听闻流水会动心，灵思一动，便是仁。

“了闲”一词突然闪现在脑中。闲，即敞开的大“门”中间有一棵“树”，正因为院中置一棵树，来往的人须从两旁经过，于旁配置景观，人们自然会驻足欣赏，这就是“闲”，慢生活应如是。若“门”加一横，令大门关闭，何字？“闲”。所以，物尽其用，物质流通，给予往来的人们方便，就是我该做的，这也是我做“81 号”的初衷。

闲了。这段时间是厦门的雨季，但是偶尔也会放晴两天。每至晴天傍晚，我都会在院子里坐坐、看看，修剪花草。夜幕降临，新月初上，院子上方形的藏蓝色天空，甚美。我想，“闲”字另一个繁体字“閒”大概就是这个意思吧。

现在，我和包姐、素素、小朋友每天都在“81号”看书、喝茶、养花、逗猫、接待食客。闲了，思考都会变得简单和透彻。我们期待你的到来。

小野
2016.4.24

· 惜物

物品都会保留被使用过的痕迹，像 U 盘一样，会记录很多信息。我希望有东西能记录下喝茶的瞬间，可以承载和好友一起吃饭的故事。

以前在食堂，我会用米黄色的棉麻布当桌布，发现用几天后，上面就沾了很多油渍，用高强度的洗涤剂清洗，还是会有油渍留在布上。后来，我慢慢将桌布换成深色的棉麻布，但最后，布还是只能换新的。而现在，我开始用宣纸作桌布。

把六尺大小的宣纸裁成八小条，在右边居中的位置写上一些随心的字句，然后将纸平铺在桌上，作客人喝茶用餐的桌旗。第一次这么玩的时候，朋友都说很有意趣。可是，泡茶时难免有茶水滴在宣纸上，然后晕开，深的浅的，几泡茶喝下来，宣纸就染了很多茶迹，不禁会让人觉得太奢侈了。

静一，是我一位练瑜伽的好友，她来鼓浪屿游玩的那天下午，大雨倾盆。我们在“观鱼”厢煮着老普洱，铺上写有“清心”字样的茶席。铁壶里的茶煮沸后，再倒入放了茶的紫砂壶，便可倒出茶汤。茶味绵柔温厚。我们一起喝着茶，聊着各自的见闻，待散席，“清心”已似片片墨荷，层层错落。

待宣纸阴干，书“静一，清心；清净一心”，落款处盖红印一枚，更显别致。

现在，我每天都会看书，《金刚经》《道德经》《小窗幽记》等，有时感悟到一些东西，就会书写在茶席上，以备客人使用。

有时客人吃完饭以后，会问我：“老板，桌上的宣纸我能带走吗？”

“当然可以，这张纸记录了你们在这里体验的过程，你们也可以继续在上面写字留言。”

怀古。客人留下的一团油迹，遂作山水小景，油迹似落日一般，照着山中的小庙。

净信。书“何为净信？清净的信心也。清：一念不起；信：千尘不染，与君同修”。

茶水滴落散开的茶晕、吃饭掉落的油渍，都如实地呈现在宣纸上。和朋友喝了老普洱，感叹经历无常；和恋人吃了黄油酱油拌饭，享受甜蜜。桌上的宣纸茶席，随缘出现的词句，这一切，期待你来共同完成。可书，可画，可拍照，可以要我再在上面写字，欢迎带走作留念。

小野
2016.5.4

· 高大的母女

这已经是前天晚上的事了。

下午 6 点多，有个好朋友发微信问我："师兄，还有没有位子？需要提前预约吗？我有个好朋友在鼓浪屿玩，想推荐她去你家院子。"

"不用预约，可以直接打电话找我。"我回她。

没多久，就有一个北京的号码打了过来。

"您好，朋友推荐去你家吃饭，可以告诉我地址吗？我在福建路。"是一个女声。

"我们在鹿礁路 81 号，沿海边可以找到。"

其间我在厨房做菜，没注意看手机，回头再看，有一个未接电话。拨过去，她告诉我她刚迷路了，现在在海边。我继续给她指路。

没多久，就见一对母女走到院前。两人长得很像，且身材高大。女儿走在前面，母亲随后。绕过院中的树丛，她笑着说："您好。"我忙说："请进。"

她们进来后打量着这个空间。女儿说："你们家太难找了，我们找了三次，刚和我妈说，要是这次再找不到，咱就不找了，没有缘分。"我说："鼓浪屿都很容易迷路的，你们先看看，大厅和旁边的包厢都可以坐。"

她们在大厅的长桌坐下，我上了茶，她们研究着菜单。

"师父，我们要份面筋，您有什么推荐吗？"她问我。

"可以试试煎豆腐。"

"好。"

不多久，她们的饭菜都上齐了。我解下围裙，净手，给观音像点灯，然后坐在旁边。

"味道还好吧，会咸吗？"我问。

"不会，很好吃。"女儿回道，"我一个学生的家长推荐了您家，还是很有缘分的。"母亲点头微笑。

"师父，您出家了吗？"她母亲问我。

“没有，半年前皈依了。”我答。

“我感觉我女儿和佛特别有缘，她最近两年开始不吃肉了，而且安静了很多。”母亲五官分明，大眼睛似乎会说话，很深邃。“我们刚进您家院子的时候，她就说，特别喜欢这儿，清净。”母亲继续说着。

“我平时会去北京一些寺庙做义工。我在家从不洗碗，但在寺院，就算是在大冬天，用冰水，我也很乐意帮着洗碗打扫，我觉得很舒服。”女儿补充道。

“如果相信轮回，我们可以说这是身上带着前世的记忆，或许前世是修行人，所以这辈子会本能地喜欢吃素，喜欢待在安静的地方，喜欢听佛乐。”我回答。

“这两年她在北京打拼，确实沉稳了很多，她原来脾气不好，现在慢慢好了很多。这孩子从小就多难，磕磕碰碰的事不少。师父，是不是多难的人最后都会信佛？”母亲问我。

“这些都是经验，人生的奥秘就在于如是如是的经验。无事不登三宝殿，三宝殿就是佛大殿，所以这也可以看出亲近佛法的人都是多事的。当然，也可以说都是有大福报的人。”我回答。

“师父，你看我与佛有没有缘？”她母亲看着我说。

“人人都具佛性，只是因为世事无明，佛性就像被灰尘掩盖遮蔽了一样，如果我们慢慢打扫，拂去灰尘，就会慢慢呈现本来的样子。您也是经历过很多事情的，如果修行的话，进步是非常快的。”我回答。

“我每个月初一都会去寺庙上香，如果上班的话，也会请假去。”女儿说着。

“那很好啊。”我回。

“明天刚好初一，我打算去南普陀拜拜。”

“很好啊。很值得去感受一下。”

“这些字都是您写的吗？”她问我。

“是，每天白天我都在这看书写字。平时晚上吃饭的客人也会在这抄经。”

“这里可以抄经吗？”她问我。

“是啊，差不多每天都有客人坐在这里抄写。”我把桌上抄完的经书给她看，“客人抄完可以自己带走，也可以放在这里，供其他客人请走。”

“都是毛笔写的，可以用钢笔吗？我毛笔用不好。”她回我。

“可以尝试用毛笔写，用描红的纸写也可以的。”

于是我拿了一张《心经》铺在桌上，帮她研好墨。

“最好是能描得一模一样，这样静心的效果很好。”我说着。

她慢慢地一笔一画地写着，我和阿姨坐在一边看。

“您这确实很清净、很舒服。我看她都不想走了。”母亲说，“师父，皈依了能有家庭吗？可以结婚吗？”

“可以的，在家修行的可以结婚生子。”

“我女儿现在都不想结婚了，这个年纪很关键，我都很着急啊。大学那会儿吧，好像谈了两个，但是那会儿不让谈感情啊，现在工作了，她反倒不愿意谈了。”

“我觉得她已经开始慢慢在进行意识修行，可能目前谈对象的要求会比较高，仅仅是物质上的怕是不够，还需要对方有修为才行，这样才能和她精神契合。”我回答。

她转过头来，点了点头，似乎是同意我的话。

“师父，你爸妈会同意你不结婚吗？”母亲问。

“目前我爸妈还不能接受。”我回答。

后来，我送了两张空白的《心经》给她，她说会回家继续抄写，随后我们告别。

我想起今年春节，爸妈坐飞机来厦门陪我过年。我煮茶给他们喝，他们在家喝了几十年的绿茶，喝我煮的白茶，妈妈会说：“还是喜欢喝原来的。”爸爸说：“这茶很香，确实和我的茶不一样。”

“早知道你会跑来这么远的地方，还不如那时候就让你在长沙待着，我每天还可以看到你。读大学就去了外地，结果越来越远了。”妈妈经常会说这句话。

我三岁时，妈妈就开始教我写字，拿爸爸刷涂料的排笔给我作毛笔，沾水在水泥地上写字。小学时我的作业本上不能有一个错字，必须工整干净，不然便会被要求整页撕掉、重写。她说：“倾家荡产也要供你读书，将来成为人上人。”

时母亲节，唯有祝好。

小野

2016.5.8

· 诗意的母亲

这大概是一个多月前的事情了。

她们进来的时候，我猜她们是从北京来的。

引母女二人坐在“观鱼”厢，一切都和往常一般，我上茶、上菜。

她们吃到一半的时候，女孩出来问我有没有纸笔，她想写点东西。于是，我找来了信笺纸，问她：“要毛笔还是钢笔？”她母亲连忙笑着说：“不用毛笔，毛笔字写不好。”备好了纸笔，我就坐在中厅喝茶。

许久，她们从包厢出来了。

“老板，我们吃好了。”

“嗯，好嘞。”

女孩问我：“老板，你们店开了很久了吧？”

“快两年了，不过搬来这里才两个月，之前在美国领事馆那边。”

“明信片里画的是原来的地方？”她问。

“是的。”

“那我再买一套明信片。”女孩说。

找零钱的时候，她说：“我妈很喜欢你们家，让人感觉很安静。”

“谢谢。”

“我女儿这次带我出来玩，我感觉我的世界都打开了。原来在体制内工作，这下退休了，她带我来厦门玩。我一来鼓浪屿，发现原来生活可以这样悠然安静，觉得特别好。我虽然年纪比较大了，但是我一直都有写作的想法。”母亲激动地说。

“今天刚好是我妈生日，她在这里吃得很开心，还即兴写了首诗。”女孩手里拿着一张折得整齐的信纸。

“非常感谢招待，有这么好的地方。”母亲道谢。

几天后，我在微博上看到女孩发的消息：

与妈妈到访深夜食堂，当日妈妈生日，她亲自赋诗一首——

“儿女情长载尤深，触鸣缘过时真心，辈慕童因己笑欣，聚首续日福家亲。堪吾往归他乡路，珂呼一彰思明途。”

我们在这里收获了令人铭记珍惜的“自在”。现在，我也爱上了写字。

后来，在食堂的微信平台里，我都能看到她母亲给文章的留言。有一日，她母亲发来消息：

小野，我那天看到你头上有一块白头发，想着可能是白癜风。我找了北京一家医院的大夫问了，我把医院的资料发你。自己的身体多上心，尽早治好。

看到的时候，我的思绪一下回到我小学考初中的时候。几乎是一夜之间，我原本乌黑的头发，突然白了一撮。我妈带着我去医院检查，医生说是复发病，激光扫完，压力过大会再复发。后来找赤脚医生开了土方，我爸就每天早上五点多带我去田地，用韭菜上的露水为我擦拭头皮……不过，这十几年，头发一直都保持着原来的样子，幸运地没有扩散。

我感动于这位母亲的细心和爱护，这样柔软的心灵，也让我感恩。

小野
2016.6.3

· 老中医

我们都叫她“老中医”，然而她比我小一岁，学的中医专业。

一

今年跨年夜那晚，我刚回鼓浪屿，三四个好朋友便约我一起喝茶，后来突然又去吉炎那儿喝酒。已是深夜，吉炎的“蓝屿”杂货铺已经打烊，我们把货台清理干净，摆上了下酒菜，吉炎指着旁边的货柜说：“那边的茶碗，你们自己挑喜欢的，拿来当酒杯。”于是我们每人选了一个碗，围桌坐下，满上酒。

“这是我朋友，学中医的。”吉炎介绍坐在我身边的女生。

“大家叫我小江就好，我现在在师父的医馆里做学徒。”她补充道。

酒过三巡，大家也都介绍完毕。

听她的口音像是湖北的，我猜想她可能来自武汉。当聊到我的时候，她听到我从武汉毕业，便问我的学校。我说华科，她便像找到组织一般：“我考研的时候在你的学校待过一段时间。”

她问我：“介意我给你把脉吗？”

我说，可以啊。

我伸左手过去，她三指轻轻放在手腕处。我是喝酒就会“上脸”的，呼吸都会急促起来。这时我尽量均匀地呼吸，空气仿佛都静止了。身边的朋友笑着说：“喜脉。”

她笑着说：“这是很严肃的，开不得玩笑。”

“你身体不太好，肝肾不太好。”她慢慢地说，“平时不能晚睡，作息要规律些。”

我点头。

这时，朋友们也都想要她把脉试试，她很乐意地给每个人把脉。散席后，大家便都叫她“老中医”了，这就是我第一次见她时的情景。

二

那段时间我暂住在朋友的云品旅馆，有次吉炎带她过来喝茶，

煮茶圖

我当时正在二楼天台画画，她上楼来和我聊天，看我正画着，对我说：“我觉得你很有意思，有时间可以画一幅送我吗？”

“现在就可以给你画。”我笑着回道。于是铺开纸，按着心里的构图画了起来。她坐在一旁看着。“我还是第一次看人用毛笔画画。”她说。

没过多久，古松和小溪便呈现了出来。她笑着说：“松树那么清高，我配不上吧。”

我笑笑，沾了沾水，唰唰几笔，即成远山缥缈。最后我题了“藏境”，画完送给了她。

“为什么是藏境呢？”她问我。

“藏，境。”我答。

三

大约一周后，我搬到了新场地乌棣路 18 号。一天，我突然接到一个陌生电话。“是老何吗？我现在在等船，能不能来接我一下？”我大概听出来是她的声音，我说好。

到了码头，见到她远远走过来，一身的素净棉麻，一袭长发披肩，提着两个袋子。走近了，我主动帮她提东西，才发现里面全是书。“吝炎在店里忙，我又不识路，所以麻烦你来接了。”

我说没关系，心里想着，吝炎这次欠我一个人情，女朋友要我来接。

惜福

“我送你去杏炎那里还是怎样？”我问她。

“去看看你的新房子吧，我刚好带了一些草药给你。”

那晚我们喝茶、聊天，一直到很晚，杏炎后来带着她走了，临走时她说以后过来帮忙做义工，我说没问题。

四

过了一周，一天她告诉我下午到我这里来。我说好。

那天吃了晚饭，她告诉我酒店还没找好，问我有没有开旅馆的朋友，想订个房间。周末应该房源紧张，我想了想，说：“如果你不嫌弃，可以睡这里，还有两个空房间。”她说：“会不会很麻烦？”

“没关系，以后义工也是住在这里，被子都有的。”

五

临近春节，她说医馆放假，想过来做一个星期的义工，然后再回湖北老家过年。“不过，我不像其他义工那样做体力活，我可以帮你做些动脑的或者出谋划策方面的工作。”我说，欢迎。

她搬来后，每天晚上九点准时睡，早上会起很早做早餐，其中有鸡蛋羹，配上中药汤吃。吃完后，她都会坐在一边的矮桌那看书，有时候会戴着耳机看《红楼梦》，她说特别喜欢看《红楼梦》，重复看了很多遍。随后的几天里，陆续有两个好朋友也过来散心、做义工，她都会给新朋友把脉，这似乎是相互认识的特定方式。我们几个人每天都在搬东西、打扫屋子。

我裁了两块布给她，让她帮我把布边缝上，当作桌布用。她戴着眼镜，靠坐在矮桌边的木椅上，把正在看的书放在一旁，就着黄色灯光缝着。后来，我把画好的“观鱼”夏布也给她锁边。她动作很快，没多久便好了。我拿起来一看，缝得歪歪扭扭，也不均匀。她笑着说，以前没做过针线活，不太会。

六

那天下午，我决定带着他们一起喝申时七碗茶，虽然我之前跟着师父一起喝过很多次，但还没有亲自引导别人喝过，心里还是有些紧张的。后来三碗茶喝下来，她提了一些问题。

“你说的这些都很有道理，但是我似乎不能真切地感受到。”

“我们常常说玉少瑕疵，温润才算好。原来在‘46 号’食堂，为什么大家进到那个空间会觉得放松和安静呢？因为有温暖的灯光、淡淡的檀香，更多的是收集来的老旧物件，这些物件都使用得非常久，已经非常‘温润’了。我捡回来继续使用，而它们就像储存器，记录着使用过的信息。我们和物件接触，都会受到这些信息的感染，觉得亲切，觉得安心、踏实。所以我们要惜物、惜福，尽量物尽其用。这第三碗茶，就是希望我们能专注现在，活在当下，做好当下做的事，面对好当下的人。我们做的事最后都会回归到我们本身。”

“怎么说？”她瞪着眼睛问我。

“我们做的事，别人都是可以参与、感受的，用心的能量会传递，使用的人会直接感受到物件上所发生的事。就像你这两天缝的布边，客人用的时候都会见到。如果是很均匀的针脚，朴实的手工质感，客人会感觉很踏实、很温暖。而如果是长短不一、歪歪扭扭的呢？你在缝布边时所传达的能量就全部呈现在这块桌布上了。所以，我们尽量传达出来的是积极的、向上的能量，这样回归到我们自身的，也就是善意的感受。”

那晚我和她喝茶，聊到凌晨。我写了一幅“惜福”送她。末了，她说：“第一次这么晚睡觉，但是非常受益，有时间我把这块布拆了重新缝。”

七

很快，一周便过去了。临走时，她说：“很遗憾，没等你开业我就要回去了，年后我再来看你。”

“没关系，还会再见。”我说。

而那条“观鱼”的布帘的布边，依旧是歪扭着的。

八

过年期间，由于邻居的不友好，我们仅开业了四天便关门了，只得再找新地址。那段时间，我一般都在家喝茶、写文字。她如期而至，带来了很多草药。得知我休业的事，她很遗憾。但同时，她问我：“你觉得现在在岛上开店合适么？”

我拿着茶杯，想了下。“你打算开店吗？”我问。

“有这个打算，因为我师父回老家了，医馆也学不到什么，我想看看在岛上开个店如何。钱的问题不大，我家里会给我一笔钱。”她很慎重地说。

“开店做些什么呢？”我问。

“我想做个中药馆，卖些中草药和草药、花茶之类的。”

“这个岛上倒是没有，可以试试。不过，我还是觉得你继续学医比较好。现在岛上变化太快，不适合小型投资创业。”

“我很佩服你当初来鼓浪屿，自己做事情，可以做这么好，而且你就比我大一点。我现在也想在岛上生活，做点事情。我觉得认识你们后，好像世界都不一样了。”她眼睛转溜着说。

“我是觉得大环境不太好，不过如果你要开店，我一定会支持你。”我回她。虽然当时不知道她决心有多大，但是，我是不希望她来经历这些的。

九

后来她偶尔来喝茶，问我新地址找好了没有，如果缺钱，她可以借我一些。我说暂时不用，还有的。同时，她也会告诉我她开店的打算。

终于，她租下了店面，吉炎从“蓝屿”杂货铺腾了一间屋子给她。我知道后感慨：还真是一对冤家啊。

没过多久，她晚上过来找我喝茶。刚坐下，她自顾自地说："还是你这里舒服，每次来都觉得整个人安静了，你这里音乐也好听，我都不想动了。"

"这几天开始慢慢搬东西了，吉炎留了几个木柜子给我，我现在都不知道怎么布置。我想弄成你这样的，有点禅意的，让人觉得很舒服。"她说。

"慢慢调整吧，先整理干净，后续灯光、软装再跟上。"我一边泡茶一边说。

"我没你厉害，什么都会做。我现在看着白墙都不知道怎么办。"她有些担忧。

我喝着我最爱的水仙，闻着香气，而后起身，拿了衣叉，走到楼梯道，小心地把挂在墙上的画取了下来，卷好，用绳子绑好。

"这个你带回去，挂墙上做个基调，慢慢找感觉。"我说。

她显然是蒙住了，不好意思拿。

"拿着吧，你需要这个。"我回她，"这个是我原来在'46号'做四时堂时画的第一批画，裱好之后挂在四时堂用的。"

她那天带着画回去了，感激地和我告别。

十

她再来时，面显憔悴，眼睛微肿。我问她："最近没休息好？"

"是啊，最近忙着各种备货，每天要取很多快递，快递都是拖着小拉车拉回的。晚上也很晚睡，而且有点失眠。”她回我。

“要注意身体。”

“我知道。我给你带了些桂圆干，还有中药花茶，都是我以后的产品。你尝尝看。”她递给我几个牛皮纸包装袋，上面贴着“百草轩”的店名，还盖着一枚“旧书”的印章。

“我把你送我的字拿去装裱了，顺路还去找了家店刻了一枚章，‘旧书’，是我很喜欢的名字。”她笑着说。

“很好啊，慢慢好起来了。”我接过礼物。

“有时间去我店里喝茶，帮我指点一下。”她说。

“好，过几日吧。”

十一

没过多久，我写了两幅字，另外带了一摞宣纸去她店里看她。一进门，只见送她的画挂在很显眼的位置，柜台上摆了很多花草、各种文房用品、小饰品、包装好的中药。她显得很意外，连忙招呼我们。

“贵客光临啊，我还没来得及弄个泡茶的桌子什么的，有点散乱。”她不好意思地说。

“没关系，我带了一些东西，你可能能用上。”

“太感谢了。”

我四处看看，“你可以把文房四宝一类的东西放在靠窗的位置，你平时在窗户前的书桌上写字画画，外面路过的人都是可以看到的，这样方便客人了解你的产品。一些零散的小玩意，可以放在收银柜台上，这样客人带走的概率比较大。”我慢慢说。

“还是你有想法，我都不会这些，只能随便摆了，等会儿我就调整一下。”她笑着说。

十二

有一日，她深夜到访，还带了她妈妈一起来。我连忙煮茶招待。

“这是我妈妈，刚从上海过来看我。她说很想来见见你，我就带过来了，希望不会打搅你。”她说。

“我在店里看到您送的画，真的很喜欢。感谢你这样帮助她。她和我说要开店的事，我觉得她也该锻炼下了，我也不想管她，大不了玩完再回家。”阿姨说。

“她真的很不错，一个女生独自在鼓浪屿开店，而且现在慢慢弄起来，我觉得很不容易。我也帮不了什么，一点字画而已。她在岛上您不会担心吗？”我问阿姨。

“我不担心她，她自己有打算。”阿姨很直接地说。

我笑笑。

“她从小就不喜欢和人交流，喜欢一个人看书。在岛上有你们这些朋友，我很惊讶。”阿姨说。

“她很独立的，看书也多。”我回。

那晚送她们出门，回来时我想，她是像她母亲的，独立有想法，且敢想敢做。

十三

自我搬到了“81 号”院子，开始新的生活，她有很长时间没来，但在微信上一直说抽时间来看看，大抵是店里琐事太多。

一日晚上，她带了很多茶配和猴头菇、桂圆干一类的来访。进门时，她连声赞叹这院子的奇妙。我招呼她坐下，倒茶。

“最近店里很忙了，都没时间来看你。”她说。

“忙好啊，生意要紧。”

“现在都没自己的时间了，每天吃饭都点外卖，赶着吃，也很少看书了。”说着的时候，她取下眼镜，摸了摸鼻眉。

“过段时间就好了，慢慢让自己闲下来，身闲能让自己静下来，然后思考。”

“是啊，我也想休息一段时间了，只是现在还不稳定。真是羡慕你啊，每天自由自在的，养花写字。”她慢慢说。

我笑笑。

后来，她开始慢慢在店里画水墨竹子，画莲花，然后贴在墙上。

她抽空去了一次杭州附近的茶山，准备做茶叶。她说，山清水秀的地方太美了，还想再去。她偶尔会过来“81 号”看我，每次都带很多东西，有时会请教一些问题，我都会一一回答。这都是要经历的阶段，慢慢会变好的。

今天，我看到她发朋友圈：“我在这个该有活力的年龄却没有年轻人生活的模样，每天忙于创业，我会不会留有遗憾呢？”

我回复：“不断发现自己，不会遗憾。”

在鼓浪屿内厝澳341号，有家叫“蓝屿”的手工杂货铺，旁边是“百草轩”。透过窗子，偶尔可以看见她在伏案画画，我知道岛上的每一家店，都是一本书，店主都有一份追求圆满生活的态度。鼓浪屿不止有小清新、复古的文艺，还有一群造梦的年轻人，经历着各自的人生。

小野
2016.6.23

· 飞行人

“后会有期。”

这是你最后一次写给我的文字。字写在食堂的名片上，当时墨痕还未干。我从厨房忙完出来，看到长桌上放着的名片，拿起来看时，字迹被我摸糊了一些。

我知道你刚走不久，蹬着木屐就出门去找你，却没有看到人。

不久，你发来消息：“我会再来的。”

这是我们的第一次见面，居然是在鼓浪屿。我从未想过，五年前的笔友会有见面的一天。

那天，我在微博上突然看到一条留言，便猜到是你。从房间床底下抽出从武汉带来的纸箱，在满满的一大堆信里，我很快便找到了那封来自重庆的信。干净的信纸，细小工整的字迹。当时我都忘了里面写的什么，几年后再看到，也不禁发笑。

记忆里，我只有大学时和你通过一次电话。依稀记得，你在复读期间和家人闹了矛盾，晚上独自走在大街上，给我拨了电话。我感受到你的不羁，还有你的无奈。

我在微博里给你留了食堂的地址，你说有时间就来看我。

你来的那天，食堂还没营业。你刚走进院子，我笑着说："进来啊。"

你有些尴尬地走进屋子，坐在我斜对面，对我笑笑，然后观察着四周。我烧水煮白茶。递茶给你时，你身上都汗湿了。

"这茶很香啊！"你说。

"我很喜欢喝这个。"

"你现在在厦门上班？"我问。

"算是吧，宿舍在这边。平时都在天上飞，不同的城市。"

"那很辛苦吧，作息时间不规律。"我问。

"习惯了，一年多了。遇上延误，会有点麻烦。"

"我记得你大学不是学这个吧？"我问。

“不是，毕业的时候去面试空乘，没想过会选上，结果接到电话说通过了。我本来以为是留在重庆，结果说培训在山东，在那里待了一段时间。今年调到厦门来了，我最近在申请回重庆。”你有点无奈。

在我烧水的空隙，你出去，到院子里接了个电话。

茶好了，你还在讲着电话。我自己慢慢喝着，你走进屋子，我问你，晚上在这吃点吧？你说好。

后来在你的空间，我看到这篇《趁着酒劲说个故事》：

忘了怎么认识的，只记得高考完之后发生了许多事，记忆也在那个阶段停了很长时间。

他是我为数不多的一个笔友，有些特别，我应该是被他的才华所吸引。

五年后在鼓浪屿见面，那些原只停留在幻想中却被我勾勒复写过的青春又出现了。

他是长沙人，在武汉一所著名的大学里学画画，应该与设计有关，据他后来所说，毕业后去了深圳半年，做设计。之后也不知道发生了什么，他出家了。

见面的时候我委实惊讶了一下，他光着头，穿着纯白T恤，宽松的裤子，踏着一双木质人字拖。

“进来啊，愣着干吗？”声音很亲切。

我低着头，上下打量了一番室内，找了个就近的座位，没有安全感地抱着随身背的书包。

“喝茶吧？”

“好啊！”

起初，我以为是红茶，轻抿了一小口——没想到这么好喝。原来是白茶，之前从来没喝过。

房间被打点得规规矩矩，十分整洁，我都不舍得在房间里抽烟，怕坏了气氛。到他那里差不多快6点，天还没黑，空气潮湿闷热得要命，就差内裤没湿了。我挺直了身子，就为了能够吹着风扇，但动作又不敢太大，毕竟是客人，还是第一次来。

接着，他做了四个菜，全素。有青椒炒肉，肉是素肉，豆干做的，还有炒西兰花、凉拌黄瓜、酸笋炒红苕尖。真有意思，我第一次跟素食主义者吃饭。米饭是用瓷盆盛的，有点多，但又不好开口拒绝，我只好硬着头皮全吃完。

客人越来越多，进进出出，他得忙活儿。也不知怎的，那天电话特别多，我在门外一边打着电话、咆哮哭着，一边逗他家的猫，不过猫特别高冷，摇摇尾巴，也不搭理人。

用休息时间去他那儿，其一是为了会会五年前的笔友，其二是带着问题，来寻找答案和勇气。稍微空闲时，他拿出《道德经》来抄写，我就看着，我俩有一句没一句的，也不知谈了些什么。之后趁他进厨房的时候，我用名片留了言，上面规规矩矩地写着：“后会有期，谢谢你。”

我等着他发现，直到我走到码头，他发消息说：“就走了？本来想晚上和你聊聊。有答案了，就好好做吧。每天做自己想做的，这就是我这几年来的生活。”我回了句：“我会再来的。”

得说说记忆里的事了。记得去年离开重庆的时候，我把所有收到的信全看了一遍。你写给我的，只有一封。内容有关复读，有关感情，有关生活，有关认识，但想起来，都是大把的青春。可能是你的笔友比较多，文字有点敷衍的感觉，但我相信写的都是真实的。不管你现在怎样，骨子里让我欣赏、佩服以及崇拜的东西都在。

那天吃饭，你很秀气，只顾吃着自己碗里的饭，也不怎么夹菜，想着是重庆人要吃辣，大概吃不惯吧，我来厦门后已经很少吃辣了。

你问了很多关于我这两年的生活的事，我都如实作答。你说离开重庆这一年时间里，你见到了很多想见的人，也了解了很多不同人的生活，这也是空乘带给你的最大好处。看够了，你想回家，回重庆。你说重庆才是最好的地方。

第二次见面时，我已经决定要离开厦门去北京，你也提交了回重庆的申请。你依旧是下午来，我们坐着喝茶，你问我几时走，我说过两天就走了，你说到时候给我送行。在此期间，你接了个电话，我坐在屋子里也听到了一些。大概是航班临时调整，你想拒绝调配，被组长质问现在是否在驻地，无奈，你只能接受明天的飞行任务。

挂掉电话，你默默地走了进来，坐下。

我对你笑笑。

“本来我打算马上辞职的，虽然估计回不去重庆了。我都坚持一年了，有时候通宵，刚飞完，就又要出发。我一直等机会回去，我师父要我再等等。”你有点愤怒。

“尽管这份工作很多人羡慕，可以经常去不同的地方，每天住酒店，还有很多补贴，工作体面，我可以换最新的手机，买手表，但是我觉得很痛苦，有手机也不知道给谁打电话。有时候被机长摸脸调戏，我都忍了。”

那晚，接待完客人，我泡老枞水仙给你喝，和你讲《道德经》《金刚经》，你听得很入迷，本来坐在我对面的，你不由自主地靠了过来，都快趴在桌子上了。

第二天我们起得很早，5点多冒着雨赶到码头，我看着你上船离开。你说过两天给我送行，我说如果你有时间的话就送。

第三次见面，是在机场，早上7点。因为你前一天飞行，凌晨3点才回厦门，我就没要你来送我。我过了安检，坐在候机区听歌。你突然发消息来:“我在安检门,进不去,你出来吧。”“还能出去？”“带身份证就行。”

我顺利出了安检，见你一身空乘打扮，戴着领带徽章，吓了我一跳。

“通常我都能进去的，厦门机场管得严，没有飞行任务的进不去。”你说。

“我还是第一次进去又出来。”我笑笑。

“去北京山上待多久？”

“预计十年吧。”

“那等你下山时，我去接你。”你说。

“你要回重庆了吗？”我问。

“嗯，时间定下来了。”

我们聊到候机时间的最后一分钟，进安检门前，我给了你一个拥抱。

我在北京山上过着清净的生活，依旧是整日喝茶、画画、写字，你也顺利回到了重庆。还记得回家的第二天，你给我打了电话：“一年没回家，发现爸爸确实老了，小区有些破落，小时候种的树居然还在，长得很好。”你很兴奋地告诉我所见，这是我第一次听到你如此开心地说话。

而后，我在你的空间里见到你写的《你不是一个人》：

回来了，我以为会有变化，原来没有。花了一整年时间进入工作角色，迟迟没找到定位，原来是因为不想工作。

第一次听说“双生花”，是在基耶斯洛夫斯基讲述维罗妮卡的双重生活的作品中，接着在李广锌那儿看到其相关的作品——两具裸体交缠在一起。说真的，你不是一个人，不是一个人有过去，不是一个人正在经历，不是一个人想着未来。

第一次有感官上的刺激是在初一读管呆的作品《天堂隔壁》之时，

书里有喜欢王菲的乘客、《加州旅馆》，还有蓝调和布鲁斯。作者去墨脱的时候差点摔断腿。他背坐在绿色皮卡车后，任车驰骋在草原上。风很大，让人眼里只容得下蓝天和草原。

事实上，蓝天和海洋更配，不过我看过的海都很脏，沙滩上满是垃圾，浪打过来的时候就赶紧躲开，生怕被微生物、细菌附着了。

前几天想清楚一个事情：所有的焦虑都来自失控。我深有体会，每个人本身就活在生活的边缘，时间长了就不挣扎了。在想法指导行动前，将“凭什么”换成“为什么”，最后得到的结果会好很多。

事实上，我们并没有给生存、生活、生命三者排序，而是在做分配、平衡它。一旦失衡就惹来麻烦，不过，失衡是常有的事。见天地、见众生、见自己，是为了让自己的心有容乃大，提高自己的耐力，接受些莫名其妙、无可奈何的事。此外，还有些有趣的人、奇怪的故事。

“进化论”告诉我，适应它，超越它，然后进化。

《时间简史》告诉我，时间既然定义了生命，那就别浪费。

做瀑布还是悬崖，看你自己了。

有时候我在画画，你在睡觉；有时候我在深夜里抄经，你准备出门去机场；通常我已经入眠了，你还在天上飞行。

有时候我坐在山房台阶上，面对着连绵青山，偶尔见飞机滑过，我在想，你是否也在其上？

小野

2016.11.6

北京东山

当生活慢到只有茶与书画，你会开始回顾过往。
犯过的错，造过的业，伤害过的人。
慢，点滴都是感动。

· 自导自拍

昨天半夜醒了，感觉凉风阵阵。从鼓浪屿搬出来后，我便追随师父到了宁波慈溪古镇。我住在小五房的二楼，木质的阁楼给人的感觉非常好。这儿有榻榻米，有麻绳编织的地毯，不过风还是会从木板的缝隙间钻进来。

早上推开木门，从窗格看出去，淅淅沥沥的雨浸湿了灰黑的瓦片。四周静寂，只听得到我赤脚走在木板上发出的“咚咚”的声音。走到楼梯口，我便想着，一会儿吃过早饭就上楼来，拍些江南烟雨的照片。想到这儿，我的心情顿时很好。

胸口挂着相机，用手把窗格的木条轻轻提起，一推，便可以打开一扇窗。我俯下身，从取景框里看着小五房。四周围合的屋檐下，一排排窗格甚是好看。我隐约看见打扫的阿姨拿着抹布从对面的走廊过来，脚步声离我越来越近，然后在我身边停下。我笑着打招呼："早上好！"她鞠躬回我："小师傅，早上好。"

我继续瞄着取景框，她没有离开的意思，也学我弯下身子静静地看。

"小师傅，你太聪明了！他们给我看了你昨天拍的照片，好美啊！那么快就看到了照片，太好了。"她说。

我也不知道她说的是哪些照片，我昨天拍了一大堆。"谢谢。"我回应着。

美好的一天就这样开始了。一姐说雨天不适合画画，我索性就尝试着用我的单反相机拍视频，拍了删，删了再拍，不过再美也美不过想象。

昨日小五房来了东方卫视录制组的朋友。一起喝茶时，导演问："小五房是不是有什么讲究？感觉这里的磁场很特别。"

这句话我今天回想起了好几次，我也觉得小五房很特别，但答案我还需要慢慢寻找。

小野
2015.11.24

·对话

来北京已整一个月了。此刻，水晶钵灯在我面前闪烁着，身后的风扇缓慢地转着。今夜无风，山中却很清凉，舀一瓢井水洗脸后，我想坐下记录一些文字。

一

我来北京的第二天，师父就带着几个弟子修整山路，在山坡边的道旁安插竹栅栏。半人高的竹竿扎进土里，依次排列了很多根，然后将编好的栅栏一个个拴扎在竹竿之间。半天时间里，一面竹篱

笆便由山门顺势往下，延伸至讲堂。栅栏将山坡边的野丛阻隔在一边，看起来整洁了很多，却缺少了些意趣。

过了几天，我和师父走在山道上，便见坡上不知名的绿藤开始缠绕在篱笆上，弯弯曲曲地向上生长。“你看，这草和篱笆开始有对话了，把它们放在一起，让它们慢慢融合到一起，就好看了。”师父指着篱笆说。

放在一起，慢慢有了对话，就有意思了。现在，竹篱笆已经爬满了绿藤，偶尔会见到毛毛虫从下面爬过，运气好的话，透过篱笆还会见到山上那只白色大野猫躲在坡上的树丛里。和人眼神对视的刹那，它会瞬间消失。是的，我还需要和它慢慢地对话。

二

玉先生那天带着一个助理，顶着大雨而来。第二天我才知道那是北京近来最大的一场风雨，上山的路被山洪冲破，出现了好几个口子，泥石散落，道路也被阻断。

那晚，我们几人一起，盘腿坐在山房的落地窗边用餐，其间玉先生询问师父出家的经历。师父慢慢讲着，我们夹着菜吃。听到兴处时，大家会不自觉地放下筷子，停止咀嚼。窗外的梨树发疯一般在风中摇曳，整个空间充满了雨水肆虐的声音。

饭毕，我起身去倒茶喝，看到玉先生跪在案几边，低头写着什么。凑近看，只见他一笔一笔地在唱片的封面上签着名字，顷刻，“李玉刚”三个字便落在上面。写完后，玉先生抬头看我，笑着说：“给师父送来一些唱片作结缘，送给大家。”我笑着说：“太好了。”

三

昨晚，师父带着我去看天台寺禅乐演奏会。因之前临时改期，我当时便对演出少了很多兴趣。演出到第四个节目时，整个舞台绿光莹莹，投下大片竹林的阴影，音乐渐渐引人入境，场内开始出现闪烁的银光，如繁星点点。“灵思一动便是仁。”我当时脑子里只有这句话。

随后的舞蹈节目中，众比丘尼着灰色长衫，手举莲花灯，作散开状，十几位师父穿着红黄袈裟在后，极具阳刚气势。音乐到了最胜处，一位师父从正中缓缓走出，威严庄重，伫立在簇簇莲花之中。看到那一幕，我直接哭了，不知是感动还是羡慕。

演出结束，天台寺住持老和尚带着师父登台谢幕。见到他们的那一刻，我顿时惊着了。那老和尚和我在书里见到的弘一大师简直一模一样，仙风道骨，清高威仪。随后，众人来亲近老和尚，他都认真地侧耳倾听，听完都竖着大拇指表示赞叹，甚至抬手高举过头来鼓掌随喜，听到重要处，就连忙拿出随身带着的本子，写下自己想说的话。

回来的路上，师父告诉我，老和尚在止语期，所以用写字来交流。这场全部由僧人演奏的表演，确实打动了我。老和尚慈祥谦卑的德行更让我感动，这纯净的能量，文字只能记录一二。

小野
2016.8.1

·念

昨晚表姐给我发来一段视频，拍的是长沙夜晚湘江边靓丽的高楼。我微信好友里的亲戚大概有六个，过年的时候，我被拉进亲戚的微信群里，群里全在发五元的红包，发来发去，不到半天时间，我索性就退群了。

可以说是“离群”了？算算时间，我估计有一年多没回家了，上次回家几天，也一直待在家里，没出门。所以，长沙的变化我是没感受过的，不过听说发展很快，十年前亲戚们住的农村的土房基本都被征收、拆建了，又在都市里换了好几套房，买车、生子，好不热闹。

升大学时，我是家族里的光荣。顺利地考进全国前列的大学，爸妈兴高采烈地送我去武汉念书，亲戚或许也都在拿我做榜样，来教育自家的小孩和孙子。读书期间，妈妈也经常和我说，某某朋友的儿子去了芬兰，某朋友的女儿去了美国，某朋友的儿子做了飞行员。最后，我在武汉完成了学业。

后来我在厦门待了两年，开了家“黑店”，养活了自己。说实话，我也没有往家里打过钱，只是买了一个九阳的豆浆机送给我妈，而且也没教她怎么使用，估计现在也未被拆封，而是被搁在某个柜子里。

创业之初，我每天都往家里打电话，告诉妈今天食堂收入多少、又添置了什么。她只会说：“小心煤气，不要煤气中毒了。”

后来，我一星期打两次电话，她问我最近生意好不好，我只会回：“嗯，还可以。”末了，她会提醒我：“多吃点肉，素菜没营养。”

现在呢？我极少打电话回家了，爸爸换了个新手机，可以用微信，我发的朋友圈，他都会点赞。他们不会打字，所以，只有点赞。

我感觉我是渐行渐远了。有人问我，为什么学佛？

“没有选择，只有这条路。”我回答。

生活如同幻境一般，而我真实地存在着。前几日因在“京兆尹”拍摄节气素食的节目，连续几日便都在那吃饭。他们给师父提供非常精致的美食，服务员也忙前忙后，照顾周到。一日饭后，我走出餐厅，偶见外墙上有餐厅的招聘启事，粗略看了下，原来服务员的工资不过每月四千元。那一刻，我确实感到“接地气”了。

昨日有位道长拜访师父，他问：“师父，请教是恶缘多好，还是善缘多好？”

师父笑着说：“化缘。化恶缘为善缘，广结善缘。”

万事皆因缘和合，福祸相依。

这几日我一个人在山上，每天煮燕麦粥喝，土豆、茄子、胡萝卜、紫甘蓝等随意搭配着。我尽量过午不食，或者晚上吃很少。每日喝蜂蜜、酵素，吃维C片，风扇也很少吹了，也不在意身上是否有汗水黏着。不过，我感觉身子确实轻快了许多。

尽管家里希望我回长沙，爸妈也不指望我多有出息，但我还是想完成我的使命。如果日后有机会，我希望和爸妈一起住，前提是他们不干涉我的创作。而目前，我只能每日在佛前祝福他们身体康健。

小野

2016.8.5

·睡前小记

丙申八月十号写

辟谷第一天。早上喝姜茶后，喝大红袍一泡、水仙一泡。晚上治印二方：“一片冰心”“吉羊”（吉祥）。

身体状态很好。

丙申八月十一号写

今日辟谷第二天。喝水仙一泡，白天觉得有些饿，现在已无感觉。下午刻印一方，翻阅弘一法师印存，见“幼竹小印”很欢喜，遂制印“何野小印” 一方。

身体状况甚好，昨晚睡眠也好。

丙申八月十二号

辟谷第三天。早晨昏睡至 8 点，起床饮姜茶一杯。身体轻快，无饥饿感。下午为侄女子晨制印信，第一方印刻完发现，“汪”字反了，遂刻第二方。稍作调整后，随印石形状刻之。

夜幕降临，远山隐匿，好不自在。

丙申八月十七号书

今日突发念想，开始记录所用所刻印石，作小野印存，心生欢喜。房间未间断播放《金刚经》，身心舒畅。前日买印石八块，自留六块。

下午抄写《茶经》一章，每日一章，备日后翻印送友人，晚上喝稀粥后，将印存配以文字记录。

丙申八月十八日 雨

下了一夜雨，昨夜中元节，天气潮湿，飞虫甚多，不好睡。早上贪眠，至 9 时起，煮粥、打坐、饮白茶。上午抄《茶经》三章，绘图一张。下午刻印一方“慎独”。取自《中庸》“君子慎其独也”。

丙申八月二十五日

这几日每晚抄写《心经》一份，深觉书法有进步。打算抄二十张后，统一装裱，方便日后与人结缘。连续半个月一个人在山上，甚是静寂。整日写写画画，每日自己煮粥喝，简单清净。

《茶经》抄至第五章，头脑在构思如何翻印、如何装订，也是很欣喜的事。

昨夜刮了一夜的大风，睡眠不深，今天山中清爽，应是一夜好眠。

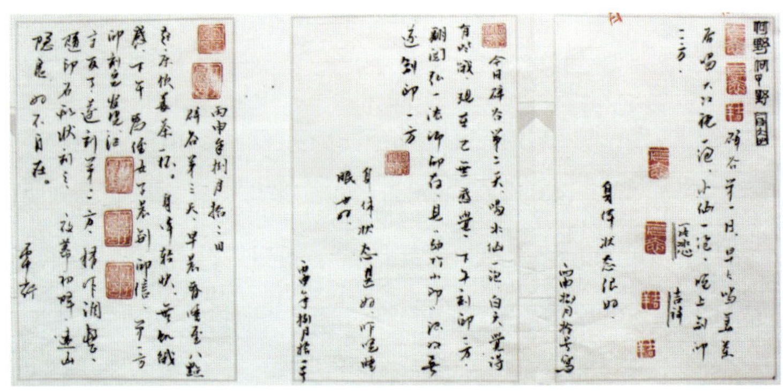

以下节选部分朋友圈里的文字。

辟谷三天，停用朋友圈三天。刻印四枚，作画四幅，抄《心经》四卷。

第四日复食，发现白粥如此鲜甜，由衷感恩。

当生活慢到只有茶与书画，你会开始回顾过往。犯过的错，造过的业，伤害过的人。再一一忏悔或感恩。慢，点滴都是感动。

虽然时间不长，但身体轻快很多，想法也变得很少，做事可集中一些。（2016.8.14）

素描讲究黑白灰，正是阴影才衬现高光的迷人，正因为有了阴影和光面，物体才立体鲜活。化妆如是，摄影亦如是。

我们是灵动的，鲜活的，好好地尽情释放自己的独特，其余的，任别人评价。（2016.8.19）

京秋时节，我还在学习和这大山交流。每天睁开眼，第一件事就是侧过头看山间景色。有时金光绚烂，有时云雾缭绕，有时白蒙蒙一片。（2016.8.26）

据说梅兰芳先生每次演出，表演上都会有细微的变化，可能正是因为这点细腻，才引得票友争相观看，唯恐错过一场。

戏曲如此，书画如此，我们的生活亦如此。真心诚意活出自己的人，生活必然是深刻绚烂的，若能窥见一二，甚至参与其中，那都是荣幸之至。（2016.8.31）

三年前，师父送我一句话："看人长处聚灵，见人短处收藏。"若全心专注做自己的事，自是听不到半点是非。（2016.9.3）

今日收到徒弟素素寄来的一堆坚果，心里唯有感恩。对她照顾不周，我很抱歉，此生也不再做收徒弟之事。

既然选择修道，自然与自己在一起，莫舍己道如是。（2016.9.3）

小野
2016.9.4

· 润

师兄们早闻我即将返京，提前开了房间暖气。前夜一进屋子，便感到暖春的意味。师父说："屋子得养，得有人气。"

昨日骑车路过往日的那条河，见冰已消融，水流缓缓。微风拂面，我依然欣喜春天温暖的到来。

"好雨知时节，当春乃发生。随风潜入夜，润物细无声。"一个"润"字，写尽了春雨悄然无声地滋润大地万物之景。此般，正如《道德经》中："生之畜之，生而不有，为而不恃，长而不宰，是谓玄德。"

河上公注："道生万物而蓄养之；道生万物无所取有，道所施为不恃望其报也。道长养万物不宰割以为器用。言道行德，玄冥不可得见，欲使人如道也。"

而在《黄帝内经》中，也有相应的诠释："春三月，此谓发陈。天地俱生，万物以荣，夜卧早起，广步于庭，被发缓形，以使志生，生而勿杀，予而勿夺，赏而勿罚，此春气之应，养生之道也。逆之则伤肝，夏为寒变，奉长者少。"

推陈出新的时节，万物萌发，人们应该入夜即睡眠，早些起身，披散开头发，解开衣带，使形体舒缓；放宽步子，在庭院中漫步，使精神愉悦，心胸舒畅。保持万物的生机，不要滥兴杀伐，多施与，少敛夺，多奖励，少惩罚，这是适应春季的时令，保养生发之气的方法。如果违逆了春生之气，便会损伤肝脏，使提供给夏长之气的条件不足，到夏天就会发生寒性病变。

唐代诗人卢仝，收到好友谏议大夫孟简寄送来的茶叶后，邀韩愈、贾岛等人在桃花泉煮饮时，写就了齐名茶仙陆羽所著《茶经》的《七碗茶歌》。其中"一碗喉吻润，二碗破孤闷"的"润"字，让我们感受到茶汤滋养喉咙的美妙，全然忘却了繁杂庸碌的前事，一扫心中的苦闷。

"天雨虽宽，不润无根之草，佛法虽广，不度无缘之人。"天上下的雨虽然覆盖面广，浇灌大地所有之物，但是无法润泽无根之草，因为草是通过根吸收水分的，缺根的草，就是泡在水里也无法得到滋润。佛法虽然无所不在，包含我们周围的方方面面，但是对与佛无缘的人来说，此生却没有机会得到救度。

师父常常会告予大家：“念阿弥陀佛，就是念我们自己，唤起自性。”用一句佛号，时时提醒自己保持觉知，关注到自己内心的感受。在物质逐渐丰裕的现在，我们可以借用空间环境，如琴棋书画、诗酒花茶来滋润内心。在这个天雨普降的时节，好好地让自己的身心得到洗礼和滋润。祈愿一切众生，岁月静好。

小野
2017.2.18

· 找我拜师

还差一个月，我们就认识两年整了。想来也是有意思，你带着你妈妈去“81号”四时堂吃饭时，我们是第一次见面，为此，我还专门写了《高大的母女》记录那晚的聊天。而现在，你叫我师父，我们一起完成一件事：在长沙造一个四时堂。

2016年夏天，我刚把鼓浪屿“81号”新院子修葺一新，作为四时堂，接待每晚来的食客。你依着朋友的介绍来到院子。大概因为你和你妈妈的身材都比较魁梧，所以我印象很深刻，当然，也因为那天的交流很不同，所以我记住了众多食客中的你。

你离开的时候，说期待下次再见，后来也经常在微信里问我，会不会去北京，我都说，可能几年之后吧。谁曾想，我没过多久就飞去了北京找我师父，在门头沟的东山住了下来。山上如同仙境一般，我偶尔会发一些山居生活的照片到朋友圈，你看到了很吃惊，也一直想来山上看我。而我觉得山路不通车，上山不方便，所以就婉拒了。后来，你告诉我想和当时介绍你去我院子吃饭的朋友一起上山找我，我就说，那你们来吧。

那次见面给我的印象很深刻。我在山脚下的村口车站一眼就看到了你们，两个人双手都提满了礼物和水果，在路边站着，四处张望。我走过去叫你，你很开心地叫我“师父”，你的朋友很客气地问好。我说山路不好走，我帮你们拿点吧。一路上，我们绕过了好几处梨树园。我告诉你们这是板栗树，那个是油桃树。好不容易到了山房，我们都已经大汗淋漓，不过这丝毫不影响你们对于山居的好奇，一直赞叹山里的景致很美，连空气都是香甜的。

我们在门口的木台上放下东西，我告诉你们可以舀旁边井里的水洗手。你说带了很多水果来，我说，我们先洗干净水果，然后上供吧。于是我脱了鞋，进屋拿了大青瓷盘和供盘出来，和你们在水井边一起洗水果。而后，我带你们一起进佛堂，用双手把果盘仔细地放在供案上。我先上香，然后跪拜，你们很恭敬地在旁边站立。我拜完之后说：“你们也拜拜佛吧。”

拜完佛，我领着你们走到禅堂一边的茶席。我跪坐下来，你们跟着在我对面坐下。我舀了水晶钵里的水倒在银壶里，放在一边烧水。你们静静地看着我身后落地窗外的一池清水，水面上的雾气随着风缥缈不定，睡莲在其中时隐时现。

“我最近才到山上，平时很少下山，因为不方便，所以一直也没让你们上来。”我说。

“师父，我是看到你来北京了，就很想见你，然后就告诉了我朋友，她说也想来看看你。”你回我。

“可能您不太记得我了，我两年前去过您在岛上开的店，当时很喜欢那种氛围和感觉，后来就告诉了多多老师，要她也去感受下。”

通过那天的聊天，我知道了你叫多多，你朋友叫西洋。后来，我也一直叫你多多，叫她西洋姐。你是西洋姐家小孩的心理老师，也是这样的缘分，让我们重见于北京。

后来，你们经常相约周末上山来玩，其实也是带着很多水果和坚果来照顾我。那时候，我正全心创作《二十四节气清供》画集，总是一伏在画案上就是一整天，从天亮到黑夜。有时候我就捡几个梨子吃，或者吃几个佛前供案上的稻香村糕点。你们提议在山房边的茅草棚里煮饭烧菜，于是两个人冒着雨跑去山下，找买菜的地方。没多久，就见你们风风火火地上来了，提着大大小小的袋子，满满都是蔬菜和豆腐。你们湿透了，笑着告诉我：“师父，我们在下面发现了一个小超市，里面菜很全。老板人特好，听说我们在山上，就特意开着小三轮送我们上来。”

你们一会儿跑进禅房拿碗，一会儿又在井边洗菜装水，只听见草棚里锅铲碰撞的声音和猛火“呼呼”的声音。经过两个小时的忙碌，你们终于在山房茶席上，端上了四五道菜，看得出来还用心摆盘了。看菜的品相，就知道是北方人做的。在当时的境遇里，我觉得这是一顿丰盛的大餐。很久之后，我才知道那是你第一次做饭。

饭后，天已微蓝，我带着你们在山房周围点灯，待梨树下一盏盏红灯笼亮起，山间已起了一层薄雾，透着清冷。我们进屋，燃起酥油灯，盘坐在麻毯上。我烧水、焚香。你们依旧坐在我对面，我用音箱播放着 Tvameva（梵音音乐）。悠长的山房空间，被嵌进了一谷深蓝里。我泡了最爱的老枞水仙，聊着来北京的经历，你说着工作和父母的事情，西洋姐倾诉着来自孩子、家庭的压力。那次的夜谈，是后来我们经常提及的美好回忆。

再后来，我们有了一个“地下黑作坊”的称号。这件事，还得从我第一次助印《茶经》说起。在东山上，我每天习字画画，看了崇贤馆出的《茶经·续茶经》一书，觉得很有意思，就抄录了一份。有些爱茶的朋友很喜欢，于是我就在朋友圈里助印了 100 套，用来免费与大家结缘。当时筹集了 2016 元，交付给印刷厂之后，装订成线装书的工序需要自己完成，所以收到的都是一页页的书稿。我当时就想到了你们，于是叫你们来山上帮我装订书籍。你们立马答应，安排好各自的事情后，如约而至。

随后的几天里，我们在禅堂下层的书房里开工。我示范怎么穿针引线，缝制线装书，你们分工来做，一天赶工，也才缝制20套出来。你们说这次助印虽没有赶上捐钱，不过有机会出力帮忙，也非常开心。现在想来，这是我们第一次分工合作，也就有了后来工作室的雏形。

想来无常才是正常，从寒露到霜降，山上从花开到花败，你和西洋姐还是每隔一段时间就来看我，我们依旧挑灯夜话。到第二天清晨，你们就早早起来，打扫山房周围的枯枝落叶，准备开火做饭。记得有一次山雨欲来，林间升起的水雾被风吹得像奔驰的马一般飞蹿，我们在草棚那欣喜地看着。你问我什么时候能收你为徒，我看着远山，淡淡地说："我已经有一个徒弟了，也不想再收徒弟了。"你没说话。那时候我脑子里想的是水墨画原来是这么来的。

于这些大山来说，我们也只是千百年来的过客罢了。因为山被收购，我们需要搬离大山。临走前那天，冬日暖阳，你们最后一次上山，帮我们打包物件，我用音箱播放着《那一天》：

那一天，我闭目在经殿的香雾中，蓦然听见你诵经中的真言；
那一月，我摇动所有的经筒，不为超度，只为触摸你的指尖；
那一年，磕长头匍匐在山路，不为觐见，只为贴着你的温暖；
那一世，转山转水转佛塔，不为修来世，只为途中与你相见；
那一夜，我听了一宿梵唱，不为参悟，只为寻你的一丝气息；
那一刻，我升起风马，不为祈福，只为守候你的到来。
只是，在那一夜，我忘却了所有，抛却了信仰，舍弃了轮回，
只为，那曾在佛前哭泣的玫瑰，早已失去旧日的光泽。

这听了无数次的声音，在那时候，在空寂的山房里，依旧让人想落泪。

下山后不久，你辞去工作，后因家中有事回了一趟老家，很久都没有与我联系。

我搬去了顺义的一个村里。都说居山水间者为上，村居次之，郊居又次之。虽不能栖岩止谷，追绮园之踪，但仍须门庭雅洁，室庐清靓。那时我选了两间朝南的空房，冬阳能直接照射进来。经过修整打理，我终于收拾出来了一间书房，一间卧室。打扫干净后，我也就邀请了你和西洋姐来。你们坐了三小时的地铁、公交，才找到这个村子。我出去接了你们进屋。你们照旧是带了很多吃的、日用的过来。先是洗了水果给我吃，又帮我擦洗厨房、收拾屋子。两个人忙里忙外，好不容易才安坐了下来。我煮了一壶牛蒡普洱倒给你们，音箱里依旧放着 Tvameva，好像我们又置身在了山房。

你告诉我，最心疼你的姥姥过世了，你难受了很长时间，回北京后，也在找新的工作，又问我换了住处是否习惯，有什么缺的东西就一定要告诉你们。我说都挺好的。那段时间，我正筹备助印手抄《道德经》的事，你们马上就捐了钱，说如果需要出力，就要马上通知你们。那时候我也知道你待业几个月，手头有些紧，不过也不好拒绝你的心意，这也是回向给你姥姥的一种方式。

在村子里，我又陆续抄了一部《四十二章经》，把为期一整年的二十四节气素食杂志编辑完毕，还设计了一款手缝的节气门帘。后来你们每次去村里，都跟着素素学怎么手缝这块帘子，我就在一边给你们泡茶、焚香，有说有笑。你们临走时，还要带着针线、布回家继续缝，等下次来的时候，就一起带来。

你告诉我，你在金龟子的工作室做助理，平时也做些少儿教育的活动，工作很忙且繁杂。我说多磨砺也是好事。你笑着说："师父，以后有机会，我就跟着你做事，你不喜欢和别人交谈，那就让我来，对外的事情我来搞定。"我知道时间还早，也没说太多。"好啊。"也算是回答了你。

因为工作的关系，我在一个月后搬离了村子，住到了北京南站附近。你们也紧随其后，到了我新租的房子来看我，都觉得换的新环境挺不错的。我当时也想深刻感受下北京城里的楼房生活。这是一所两居室的房子，在四楼。我睡的卧室有一个朝南的阳台，后来我在阳台上置了张桌子，摆上画具和从村里一起带来的绿植，把它改造成了画画的空间。

记得有一天晚上，你告诉我，待会儿过来这边聊天。我和素素差不多等到深夜，你才姗姗来迟，手里还拎着一瓶洋酒。还没落座，你就招呼着我们一起围桌而坐，开酒、倒酒。

你倒了一杯，干了，像是喝了一杯水似的。缓了口气，你就开始说刚刚发生的事。因为合租的女生室友常把垃圾袋堆在你房间门口，你就和她争执起来，终于动起了手，两人最后在派出所解决纠纷。你回忆着几年里在北京的租房搬家史，说着说着就哭了。大概正如你所说，“北漂”都有一段租房被“坑”的故事。你对素素说：“在山上，我一直求师父收我为徒，而且我也只认师父一个人。师父就只说了一句话，‘我已经有一个徒弟了，也不想再收徒弟了。’你太幸运了。师父在山上过苦日子的时候，你都不在。我和西洋姐看着心里都难受，就想多帮师父一点。”说完，你又干了一杯。

素素很无奈地说：“我也没办法，我当时自己也出了些事情。而且师父收我为徒，已经很操心了。”

“是啊，就是没缘分。师父说了，再也不收徒了，我也没办法啊。”你笑着说。

我默默地起身，在衣橱的格子里，拿出师父送我的海豚翡翠挂饰。坐下后，我将它交给了你。

你当时拿着没说话，看着我。

素素问：“师父，你决定了要收这个徒弟吗？”

我把翡翠放在你手里，你抹了眼泪说：“谢谢师父！”

小野
2018.4.23

·刚子哥与花

我妈昨天还在笑我画不好人像，听得我心里一怔，果然知子莫若母啊！我不光画不好人像，写文章也最怕写人，只是，我大多数时候的文字都在写人。今日写刚子哥，反而不知从何说起了。

刚子哥，从事着灵动柔美的事业，身边美女如云。刚子哥所到之处，只要置一张花几，把竹奁打开，花剪摆上，那就是他的侍花道场。瓶、罐、盘、碗、篮……把这些器物列在他的面前，他便能插枝散叶，从而让插花承载一段情愫、一份寄予。

初识刚子哥，是在 2016 年的仲夏，那时我刚到北京东山，在师父的精舍里静修。一大早，我便见着两个衣襟飘飘的使者，着一黑一白，束着发，在水井边修剪各色花枝，不时起身，信步在山林里寻着什么。那天的听书赏画活动，有三十多人参加，十来组插花作品分置在精舍的每个角落。现场有各种型制的花器：赤色的钧窑双耳花瓶、景德镇青花大盘、翠绿修长的竹筒、粉彩描金蒜头瓶等，还有荷、莲、兰、木槿以及各种我叫不出名字的花卉，配以山中野枝，或缀以蔬果，在空间中各呈意趣，气氛融洽。活动开始后，只见他们在一边的茶席盘腿坐着，有说有笑，舀桔普茶喝。

待活动结束，人尽散去，师父取了两把扇子对我说：“小野，待会写把扇子送刚子吧。”我当时还沉浸在那些花物之中，便在一把扇上写了“莳花之趣”，在另一把扇上画了一个小石头，写了“无用之用”。师父领着我到了他们面前，才得知那黑白衣二人是亲兄妹，侍花多年，以此为乐。

山中的时间是静默而漫长的，和环城路里的不是一个世界。刚子哥后来时常拎着灰蓝色的布筐子上山侍花，筐里头放着工具，一捆橡皮筋，还有装在保鲜瓶里的娇嫩鲜花。而我就在一边看着。对于这门古老技艺，我是从这个时候才开始知道并接触的。山里寻常的树枝花叶，在他的手里都能华枝春满，以至于精舍的两只小鸟每次都在其旁环绕，或在供花盘里打水嬉戏。后来，我也在山中折花插瓶，兴起时，还会摆上画具，对着插花作品写生。

霜降清供

丙申孟冬何婷作於京

端午景

山梅花、菖蒲、芍藥
香雪蘭、珍珠梅

霜降过后，刚子哥依节气时令上山侍花。那日恰逢山中大雨，阴凉入骨。插花前我们在一边喝茶，刚子哥对我说：“小野，你先选一个花器，我来搭配枝子。”紧张的我没说话，我哪里敢随便挑器物?

最后的呈现令我惊叹。深朱色的竹篮里生长出金菊，在枯木的起势下，有怒放的，半开的，还有羞涩地藏于疏叶之间的。刚子哥双手小心翼翼地把作品摆置在落地窗前的书桌上，用喷水器吸足了净水，快速均匀地喷洒着，花叶顿时沐浴在一片水雾之中。窗外的山林映衬着，似清晨薄雾中的仙境。他很满意地退后几步，微弯着背，侧身从左右不同的角度看他的作品，搓着手笑着说：“有点儿意思。”

实在是美，我立马抻纸研墨，面对着这组插花作品坐下。刚子哥在一边和我说着他的创作灵感。他右手做着“六”的手势，在花间穿梭，形象地展示着枯木的走势是和盘区的枝干呈三角之势，还兴奋地叫我：“小野，看这里。”只见他轻轻地扶着探头含苞的小菊，小菊则与盛开的大朵相呼应，原来它们都在对话呢!

那是我第一次画刚子哥的侍花作品，也是第一次尝试双钩工笔画法，用了三天时间。我对着花写生，他在我身后左右踱步，有时会告诉我，这片叶子该往哪儿延展。我有时也会问他，这根枝子的比例是不是失衡了？我画起清供插花，一坐便是八个小时，直到山中已被渲染成藏青色，我就挑灯继续，坚持勾完线稿再收工。

从那次的完美配合后，我们陆续做了十次节气清供，在山中、在贺哥的应有堂里、在茶馆的月溪香林中……每次我都邀请刚子哥侍花，然后一起选择花品、器物、陈设。他一边插花，一边给我讲解插花知识。慢慢地我才知道，插花也是讲究风水的，古人把花分了阶品，瓶与花之间讲究比例；插花应遵循性灵、天然的韵味，关键在于追求原生天成之趣。他也总是谦虚地和我说："小野，哥读书少，而且现在记性也不好了，看书都很难看进去了，不像你，有天赋还肯钻研。"

有时看我画他的作品时，他会拿个大杯子倒茶给我，然后站在一旁笑着说："要是我也能画就好了，平时自己插了一些有意思的作品，就想随便描几笔，像陈老莲那样，画点折枝什么的，也挺好玩儿！"这时候，我就会笔墨伺候。他便在一旁找个案几随心所欲地勾勒起来，边画边自嘲着。

刚子哥，于我亦师亦友。他那孩童般的心态，让人琢磨不出他的年龄，不过我们真算是忘年交了。他一直"北漂"，执着于中国的传统插花，常年在北京各文化场所做插花分享及插花陈设。在灯光下，在花木之中，他永远是活力绽放，只是在一切尘埃落定之后，众人赞叹之时，他会在一边默默地摘掉眼镜，双手揉搓着略显疲惫的脸，而后，出门抽支烟，好像屋子里的世界全然与自己无关。

至今，我也不能体会住在北京每月七百元房租的胡同房里的感觉，也不知道他去年是如何经历了北京公寓大清理并在寒夜里搬家的。或许一切正如我看到的他的插花作品一样，所有繁华惊艳的背后，是刹那的落寞、孤寂。何时此感？从我第一次见到他的作品时，便是如此感受。

小野

2018.5.23

· 杜家班

杜家班，是我刚想到的名字。顾名思义，这是一个有头目的班子，杜师傅，就是我要写的班中的灵魂人物。去年春天在成都，我最后一次吃到杜师傅做的饭菜，临别时，他还送了我一大纸箱金黄色的枇杷，现在回忆起来，好似甜里还带着点酸。

一

第一次知道杜师傅，是我初上东山在师父的精舍静修之时。师父常念过往，说曾劝杜师傅皈依改做素食，随后他教授百名弟子做素，成就了昔日的北京叙祥斋。有一日，师父嘱托我订一张从成都飞北京的机票，随后发来了名字和身份信息。

那人如期而至。杜师傅上山时，大家都与他熟悉地问好。他着白色棉麻短衫，手上绕着一串发光的念珠，灰黑的短发，圆脸长耳，看着很有福相，见到师父便马上恭敬地行礼。待师父坐定后，他便熟练地盘腿坐在对面。那是我们第一次见面。茶席间，师父慢慢说着关于《僧家禅食》的构想，希望杜师傅来全面安排、制作顺时节令素食，我则负责拍摄及后期制作。

随后的两天里，杜师傅都拿着一个厚本子写东西，其间会打电话，讲着成都话，联络蔬果采购事宜。拍摄当天，莲池的睡莲还没来得及绽放，山房门口已堆满了各样青菜、果子。杜师傅领着三五个徒弟正忙着备菜，门口不远处的大枣树下，茅草棚里的大灶正烧着水，翻着白气。只见他们来回穿梭着，洗菜、刷洗青瓷餐盘、均匀快速地切菜，声音不绝于耳。我赶紧挤到一边，舀了点井水洗漱，然后进屋拿相机记录这些。

草棚里的师兄吆喝着，叫众人吃面。只见大油纸伞下临时搭了一张大桌案，上面是整齐的两排大碗手工面，冒着热气，上面码了一层鲜菌菇片，旁边还放了一碗红红的麻椒油。我赶紧用勺子舀了半勺红油，与面拌在一起。杜师傅见着便问我：“小野，你是哪里人啊？”我笑着说：“长沙！”我知道，这下有口福了！

那日杜师傅指挥着菜品呈现，旁边三个徒弟打下手，一个负责切，一个负责炒锅，还有一个看着煲汤，屋外还有两个人管着洗菜和准备工作。

这边先切好几根鲜芦笋，去皮，在锅里焯过水后捞起来备用。另一边准备了两段黄瓜。杜师傅叫徒弟仔细地把黄瓜里子掏空，然后拿圆勺压捣白豆腐，待香椿苗洗好了端进来，杜师傅便把豆腐碎和香椿苗和在一起，飘了些盐，加了点橄榄油，拌匀。顿时奇香四溢。然后他用专门的筷子把香椿豆腐一点点地装进黄瓜腹里。待两条黄瓜都装满香椿豆腐后，将其小心地放在芦笋之上。杜师傅拈了一点嫩黄的松子仁，不经意地洒在青瓷盘上。我流畅地拍着这道菜的制作过程，那边杜师傅已经交代好下一道菜的食材，且食材都已洗净、切好，放在案子上了。

我们一群人从清晨拍到夜幕降临，夏至节气一共选用了二十多种食材，制作了八道素食菜品、一盅老火汤、一碗清凉面，可谓精彩纷呈。那晚我们一起盘腿坐在水边的茶席边，杜师傅请师父给今天的菜品取名字，然后逐一报出菜品的用料、温凉属性。报完一个，师父会思索一会儿，末了，“就叫般若法船怎么样？”杜师傅连连说好。

我记得拍完第二期，杜师傅因为家中装修未完，就需要回成都一次。因为杜师傅暂时离开，他的弟子们也纷纷回到了原来的生活轨道，有的归了灵隐寺做素食，有的回家照顾满周岁的小孩儿……

二

再次见到杜师傅，已经是孟冬。由于东山被收购，我们只能从山中搬出来。杜师傅开着车，白天带着师父出去看新场地，晚上回来做成都麻辣锅，跟我聊着想开一家餐厅的事儿。没几天，师父接手了在新国展附近的一家有机素食餐厅，杜师傅带着小徒弟就搬往了那边。

素食餐厅原先由一位台湾女茶人经营，她坚持使用有机食材，包括酱油、杂粮，蔬果也都是从昌平的有机农场配送过来的新鲜食材。室内光线偏暗，英伦风的水晶灯具搭配着墨绿和深红的硬装风格。墙上挂着《金刚经》的碑帖，屋内养着佛手和建兰。

杜师傅过去的第二天，他夫人也过来帮忙了。没几日，餐厅便重新收拾好，厨房新亮如许。杜师傅的夫人是面点师，大概因为每天和面粉打交道，所以看起来很年轻，时刻都保持着朴素的精致。第一次见面，她就特意做了一份加了青椒的比萨给我吃，捂着嘴笑着说：“小野，你尝尝看。我看到厨房有个烤箱，就和了点面，切了几个青椒。”比萨端出来时，我便闻着香了，饼周围烤得焦黄，脆得很。我连忙说：“好吃，很久都没吃了。”杜师傅在一边笑着说：“喜欢吃就好，下次再做哈。”

后来的日子里，杜师傅继续研发着节气素食，每天呈现几道。他在厨房指导、炒菜的时候，我会偷偷翻看他的厚本子，里面字迹工整，结构分明，记载了每道菜的用料讲究、食材功效、制作顺序，以及制作过程中出现的问题及纠正方法，还有好些特殊食材供应人的联系方式之类。看到这里，我才理解什么是烹饪。有时候，他会从上衣的口袋里掏出一支笔，在本子上写写画画。有时候，看到徒弟“喜庆”（姓胥，成都话念出来是这个音）切得不够薄，他会直接从背后拍过去，一边骂着。有时候，看到我拿相机在拍摄、记录，杜师傅会刻意放慢速度，和我讲解这道工序。出来一道菜后，他会小心地端出来，站在旁边看着我拍照，也会问我关于配色好不好看的问题。

每天吃饭时，杜师傅的夫人都是招呼完大家、盛好汤饭之后才落座的，其间夹菜也是谨小慎微，喜欢给我舀汤夹菜。当然，她也是最快吃完的，然后去厨房清理油烟，等着收拾碗筷。当时我写了本《深夜故事会》，就送了一本给杜师傅。连着几天，阿姨都会主动和我聊起里面的故事，开心地和我说：“小野，你写的东西都很有意思哦，我每天晚上睡前都会看两篇。”

“哦，都是刚毕业的时候写的，可能里面有些错别字。”我笑笑说。

“小野你是哪年的？”她问我。

“92 年的。”我回答。

她一脸惊讶：“我儿子和你差不多大，他可没有你懂事哦。”

“哦？那他现在哪呢？”

“在北京，他学中医的，现在在一家中医馆实习。”她笑着说。

在餐厅里偶尔吃到很特别的美食，我都会问是谁的手艺，杜师傅的夫人都会笑着问:“好吃吗?”我一边回味、一边点头:“好吃!”“是喜庆做的。”阿姨会告诉我。此时,喜庆都是看着我笑笑,然后低头吃饭。我最难忘的还是喜庆做的宫保素肉,香辣滑脆,我一口能塞好几个,入口后,细细咂摸,果真是别有滋味。当然,喜庆做的各种酱,菌菇的、甜菜的或不知名的菜头之类,味道也是绝美的。

三

美好不过刹那,素食店因为偏僻人少、资金不足,春节后便谢幕了。这时成都的宝光寺也向杜师傅发出邀约,请他来重塑宝光素斋。就这样,我随着杜家班,从北京一路开车到成都。这一趟,我见证了在杜师傅的操办下,四川素食协会于殿宇深幽的宝光寺成立。会议当天,众多川菜大家齐聚,其中就有杜师傅的师父,荣派厨师缪青元先生。

这是我第一次来成都感受这座唐代寺院的祥和幽静。参天的古树下,庭院深深,虫鸟嘤嘤。人们在这里摆放了很多竹椅,喝着盖碗茶,围坐着、聊着、喝着。我亦学着找个位子坐下,透过月亮门,看杜师傅着素净的厨师服,在后院的五观堂里指导着做素食,喜庆和师兄弟们在灶台边忙碌着。这就是我所见的杜家班,一直在为身边的人做素食。

小野

2018.5.25

长沙四时堂

日日回顾自己的初心，本无长处，唯有写点画点东西。
索性，日后便以身滋养四时，日不辍笔耕。若有缘之人来访，粗茶淡饭以待，
斗室亦可小住。寒暑可分享作画经验，春秋可把酒赏花望月。

四时清谈

擷

· 我已超速

昨日，我把微信签名从“成人之美”改成了“您已超速，请慢行”。

距离上一次写日常已有十个月，恍惚之间，我似乎觉着这十个月什么都没做。就在刚刚，我还觉得在北京的这两年里，自己从没有真正地活过，亦未较真地对待自己的生活。或许，这两年里没有写出几篇感动自己的文字，就是最好的佐证。

离开北京之前，我已经在安排回老家长沙的事宜。我一直想把自己写的文字出版，我个人单方面地设想，希望未来的书稿稿酬可以负担父母养老。正巧大学时有个学妹，毕业后在母校的出版社做编辑，我就自荐了之前写的《深夜故事会》。她也一直有关注我写的东西，于是我们一拍即合，书稿转交到了出版社。

事情很顺利，3 月 20 日我就收到了编辑发来的出版合同。内容我也没仔细看，就印了两份，分别写上了自己的个人信息，寄了过去。隔了三天，编辑就告诉我，出版社也签署了合同，从武汉回寄了一份给我。

之前和编辑讨论这本书的时候，我说希望能在书籍背后附赠一个信封，里面有我的收件信息，读者可以直接用信封给我回信。她问我是不是像“解忧杂货店”那样，我说我在鼓浪屿“46 号”的时候就做过“解忧信箱”，也收到了一些食客的信笺。手写的信件经过等待，显得格外的神秘，我喜欢这样的感觉。只是这两年我自己颠簸动荡，没有固定的地址用来收件，所以很少与他人有书信往来了。不过这次回了长沙，我就有固定的地址了。继鼓浪屿四时堂之后，我想在长沙再造一个四时茶食之所。

也由此，定了本书的书名——《夜会四时堂》。

不出意外的话，这个方案就会这样执行。5000 本书，5000 个信封，其中有十封信里装着我的亲笔祝福。我会在四时堂设置信箱接收信件，也会一一回复信件。

写文字最大的好处，就是能在当下自我感思。我最近经常说一句话：“这一年的事情都堆在这两个月了，忙完了我就可以休息了。”

三年前，初做四时堂的时候，我亦是这样想，最终也未能如意。能否身闲，是需要我深思并实践的。

小野
2018.4.5

· Go to page

Go to page，我一般都这么叫她。在我的微信里，她的备注名是“罩子佩”。

她是我的大学同班同学，高考填志愿结束后，我通过新生贴吧加入了学院的 QQ 群，还没开学就认识了她。新生报到后，在集体参观学院的队伍里，我第一次见到了她。我们彼此都可能觉得对方和自己设想的不太一样。

回顾大学时候的生活，我也只和少数几个同学亲近，她是第一个。大一分配寝室时，我被分到的寝室里，三个室友都是河北人，只有我一个是南方人，以后一起吃火锅都会有点分歧。后来因为一些原因，大二的时候，我就自己租房住在校外了。可能因为湖南和江西很近，让我觉得江西人很亲近，有个词叫“江西老表”，所以那时候，我就叫上了她帮我搬家。

她大我整整一岁，与我是农历同一天生日。她因为复读，所以和我一级。不过一般情况下都是我照顾她。我对于英语和一些无用的课程都是很随意的，通常会翘课去做自己的事，然后发短信给她，要她帮我点名时答“到”。不过，对于专业设计课，我一向都很积极，每次大作业需要合作完成时，她都赖着脸皮要和我搭档，所以很多人都以为我和她是男女朋友。

大二的时候，因为自己的专业能力通过了系里考核，我进入到创新团队，和研究生一起操作实际项目。那时我便开始了住处、工作室和食堂三点一线的生活，主任要求我们快速完成学业的同时，还要提高软件操作技术和设计能力。所以，那时候我每天都起早贪黑，生怕毕业后自己的年薪比别人少。

她呢，平日里出去逍遥自在，在快交大作业的时候就每天屁颠屁颠地跟着我，要我帮她做作业。

后来，我一周兼职三份家教，也因此在繁华的光谷中心换了租房，依然叫了她帮我搬家，她提着很重的行李跟我走了好几条街。因为多了空房间，这下好了，她吃住都在我那儿，有时候一待就是十天半个月。当时我自己办了一个电子杂志，用 zmake 做页面呈现，后来忙不过来，就教她使用，指望可以帮我忙。可是关于翻页设置，她错了很多次，每次都设置成“go to page+1”。大概是她天生不擅长操作电脑软件，我教过她各种软件，也吼了她很多次，可她就是不会，好几次她实在受不了，就突然爆发了，对我吼着：“你以为我想这样啊！我知道自己不好，什么都搞不好。”说着说着，她就开始哭，然后我只能陷入深深的自责中……

为了弥补，我只好下厨做点好吃的，说起来，她还是教我炒菜的启蒙人呢。我开始买锅、去菜场，我煮饭、做菜都有她的参与。

我在她的第一段感情里起到的作用就是捣蛋。当时她交了一个男朋友，是武大的国防生，时不时地她就去武大。当时她有个数码相机，平时调研、写生时都很好使，后来她和男朋友在一起想拍点什么，结果一拍就黑屏，这个梗我也是笑了她好多年。他们吵架的时候，她就跑来我这儿叫嚷。

有一次我也气不过，就想出个馊主意，把国防生的电话写到了同城租房信息里，胡乱编造了一堆租房信息，价格还异常便宜。据说那次他的电话被打爆了好几天，我也觉得出了一口气。

只是还没毕业，他们就分手了。

毕业那年夏天，我突然辞去了深圳的工作，毅然要去鼓浪屿创业。她那时还没有正式的 offer，就说跟我一起去厦门玩，陪我调研。我们坐着动车，从武汉到了厦门。白天从上午 8 点开始，我们环岛行走调研，晚上就在日光岩下的沙滩搭帐篷睡觉。晚上我们被蚊子咬得不行，就跳出帐篷去海边玩水，听浪花的声音。那个时候，我对自己的创业项目很有信心，知道这只是暂时的艰难罢了，而对于她，我却很担心。

记得没多久后，我就在鼓新路 46 号落脚了。那时我很瘦很黑，她看着我，也有点心疼的感觉。得知她在上海慢慢稳定下来后，我感到吃惊，也同时觉得她真的长大了。有几天她来这帮我接待客人、洗碗洗菜，晚上我们睡在小阁楼，一人一边，聊天到很晚才睡。

她再来看我的时候，我把食堂搬去鹿礁路 81 号不久，刚结束完装修。她带着新男朋友，在我那小住了两天。听闻他男友在上海开公司，我笑着说："富婆，以后抱你大腿啊！"她当时有些尴尬，因为那会儿他们正商量着在上海买房，各家出一半房款的事。

后来见面时，我在北京顺义，她因为分手换到北京上班，那次我们约在五道营见面，在附近的胡同转转。我感叹说，真没想到见面居然是在北京。在等烧烤的时候，我们在路边拍了一张久违的合影。后来她去我住的村子里，我们夜晚一起喝酒聊天，也在二环里的租房里一起聚会、打扑克，晚上只开着一个香薰灯，倒着红酒，讲真心话。聊到上海交男友那段经历时，她特别激动，皱着眉头气愤地说："凭什么我只能住汉庭，他们就住索菲亚！"而后又会低声叹息："那个女的看起来就很成熟啊，更像是姐姐，能帮助到他，而我当时看起来就很'low'啊。"那次的真心话，让我真的感觉到她慢慢强大了起来，不再是大学时候那个要我帮忙做作业的"go to page"。

今年的清明前夕，她告诉我假期里从北京来长沙看我。

前两日晚上，我去南站接她。刚出来，她就把她妈妈做的牛肉辣酱和超甜的柑橘塞给我。因为这一个多月我忙装修，存的一点点钱都已经全部花完，所以第二天早上我带她去“嗦粉”时，就直接叫“富婆，你买单”。

这两天，她和我一起手工做木格子窗，用到锯子、锉子、锤子之类，一边做着，我们一边笑着说：“这回又上了一次大学时的建造课。”

明天你就又要回北京了。这八年来，在我每次搬家或者创业的时候，谢谢你都在。当然，我依然相信你会是个“富婆”，如果你生了个“猪宝宝”，不管男孩女孩，我都是他干爹。

小野
2018.4.7

·预备起

今天下午，我、老爸、多多照常在茶室装修完后休息一会、吃午饭。多多烧了四个菜，我们都盛了米饭在吃。老爸开了一瓶啤酒，倒在茶杯里喝，身体侧坐着，一边喝，一边看着上午忙碌的成果：“天花板上安装的轨道灯，可能看着角度还是有点偏了。”

“这个土墙打上灯光之后看，还是很有味道的。”我说。

“还可以。”老爸用长沙话说着。

“我记得以前娭毑屋子后面有一排土房子，小时候在里面玩。”

我描述着最近脑子里的画面。

“那是六几年盖的，还请了师傅帮忙。”

“我记得好像就是土夯的。”我问。

“土砖。那时候冇得水泥，就是挖旁边橘园里的土，里面加稻草，有点草木灰什么的，用牛犁的土。房子是在墙里面插竹子，然后用土盖起来的。那时候还没建大屋，都是土房子，旁边有个杂屋，还有一个猪牢屋。”老爸一口气说完。

“后来大屋用水泥砌的吧？好像地上还贴了红色水泥砖。”我问。

“对，八〇年砌的大屋，喊了你周伯伯还有村上几个人一起帮忙盖起来的。用车子拖来了四万块红砖，在现在的913车站那里卸货，我一个人挑扁担，从早挑到天黑，一天全部挑回家的。那红色水泥砖也是我一块块搬回去的。”他又倒了一杯酒，继续说道。

“后来你周伯伯屋里起房子，我专门跟造纸厂请了半个月的假，回去帮忙。别人要去帮忙，他都不要，就要我去，说我倒圈梁倒得好。那时候都是周伯伯量尺寸、剪钢筋，我砌水泥。”老爸笑着说。

一边听老爸说，我脑子里就浮现了很多画面：小时候在老屋的土砖缝里面看到很大只的黄蜂，我吓得赶紧躲开；在老屋的矮木窗户那儿用渔网兜子扑过黑色蝴蝶；还有屋后那口小鱼塘，下雨的时候，屋檐的水会全部聚到沟里，再流到水塘里面。

去年大屋没拆迁的时候，我回去扫墓，还到山下的大屋里坐了坐。此时屋子已经立在环线公路旁悬崖状的山坡上，显得摇摇欲坠。

而我还记得大屋门前两棵遮天蔽日的桂花树，还记得屋前蜿蜒狭窄的田埂两边，是茂密的橘子林，泥土里散发的都是陈皮的香甜。

看到酒差不多喝完了，我给老爸盛米饭。

老爸说："来半碗就行了，吃多了，活就干不动了。"

算下来，长沙四时堂的装修到目前已有一个半月的时间。听完这些，我也不再好奇，为什么老爸对于水电、沙土、木工活都了解，而且都能动手，能指导我。我虽是专业设计出身，不过现场施工还是第一次，在实际操作中出现的误差，可能真的是设计时不会预料到或者被忽视的。对于四时堂的想象，更多的来自我自己的梦境，还有从《遵生八笺》《浮生六记》《长物志》这些书里理解到的东西。坐在这个土房子里，听着一段过去尘封的往事，筷下的辣椒土豆片亦是美好的味道。

装修的琐碎事情，正如这几天的雨，时而大，时而小，滴滴答答地不停歇。这几天好友西洋姐特意从北京赶来看我们，也借鉴、学习营造四时堂的空间。她是第一次来长沙，但我也没专门带她去长沙逛逛，有想过，但是最终也没做。她一直在说非常珍惜这几天在四时堂的时光，这个道场让她沉静下来，也想了一些自己的事。

她在"无"字间的第一晚，到凌晨4点才睡去。她说："可能是晚上您那泡茶，让我完全没了睡意，坐在飘窗上看着外面，吹着风很舒服。后来半夜下大雨，我关了点窗，就看着远山处电闪雷鸣，从窗缝里灌进来的风，都带着泥土清新的味道。躺在地台上，我闻着那个熟悉的味道，准备睡去，后来觉得风凉凉的，就拖了床被子盖着。虽然睡的时间不长，不过睡得很深。挺好的。”

后来我们继续收拾、打扫屋子，和老爸一起搭建入户花园的茅草棚子。一根根 2 米长的木材被我们划分成不同结构，然后按尺寸一一锯好，打磨抛光，再一根根往主梁上搭架。半天工夫，木棚就差不多初具模样了。西洋姐在一边说：“太厉害了，马上就要大功告成了！”其实，心里有了一个雏形之后，再做起来也就是出点血、破点皮的事。当我们把一整个茅草顶子盖上去、稳固之后，大家都露出了发自内心的笑。我站在草棚下的木桥边，扶着窗，看着华灯初上，听着风吹动棚子上挂着的小鱼风铃的声音。我第一次经历搭茅草棚子，内心充满了好奇和惊喜。

晚饭后，我决定感受下刚收拾出来的“声”字间。在大厅的内侧，有一个比地面高出 30 厘米的地台空间，拔地而起的三根高木柱，使这儿形成了一个半围合的空间。地台的一端是一个供台，略高于地台一些，是由两根退役的深黑色火车轨道枕木来展现的，上面置一铜花器，插红枫，呈挺拔的山林野趣。背景墙上挂了我前些日子画的《竹篮桃花图》。另一端临木窗的位置，是一个内凹的方形小洞，用来烧炭煮茶。整个地台上我铺的是蔺草席，靠近些，就能闻着青草香。由于预订的茶桌还没到，我便寻了三根长度一样的木板，悬置于两根大木桩上，权作茶桌。在其上铺上一张原色竹席，准备三足铜香炉一只、枯木一段、西施壶一把，再配上锤目纹公道杯、黑釉斗笠茶碗。在一盏铁烛台上点上蜡烛，焚香，之后关闭房间多余的灯，只留下茶席上的一盏纸灯——整个空间瞬间就不同了。

准备完之后，我邀请大家入席喝茶，还没入座，大家就各自拿起手机开始拍照，发现这个小空间的各处变化。我在一边的炭炉里燃上刨木花，很快，松木的香味散发出来，随青烟直上。不一会儿火苗从坑里慢慢蹿出来，映红了周围的土墙，这个时候大家都惊讶于火与土的原始魅力。

空间就是这样，需要人养护，需要人慢慢发现和创造。很多的不经意可能是设计者精心的安排。我不认为茶室需要仪式感，但是一定需要情趣，生活亦是。

小野
2018.4.23

·晴时雨

第一次见到你，是在大学学生会的招新里。你的名字和你本人还真是有点像呢，人也看起来沉稳老练，我想是适合在办公室这样的部门里工作的。之前，办公室的招新通常比较费力，没有组织部、文艺部、女生部那么受欢迎，大多数新生都觉得这个部门没权利、难晋升、少活动。所以我当部长那年，特意为招新大会准备了一段配音版《甄嬛传》，把办公室的职能、权利、义务着重介绍了一下。那晚，视频播放的时候，台下笑翻一片。于是，那年我们部门大丰收，招的都是得力干将，你就在其中。

后来每周的例会中，我都尽量缩短开会的时间，和你们一起分享专业知识，尽管你们当时才大一。我觉得我一身的软件技能知识，都应该传授给你们。因为反响比较好，我就把分享时间延伸到了周二下午，抽两个小时给你们讲一些设计基础，这让其他人一度以为这是一个学术部。

当然了，发现你们的特别之处，都是在聚餐或者一起约去唱歌时。我发现你比较低调，或者说，是有些“离群”。你一个北方妹子，却像南方人那样娇小秀气，不过骨子里还是大气爽朗的。记得当时在饭桌上，你分享高中时的感情经历，轻描淡写的几句，我却能感受到其中的力量。回想起来，觉得《叶子》这首歌很是配你，可能你常常被人忽视吧。毕业后，我偶尔向部门里其他的学弟学妹问起你的近况，通常得到的回答都是：“老大，这个不太清楚啊，好像在考研。”

再见到你，就是在北京了。虽然大家都有微信，不过这几年甚少联系，你们也知道我这人比较孤僻，不喜欢无事被打扰。后来你告诉我，你也在北京，因为男朋友在机场工作，所以住得离机场很近。

我问你：“最近在忙什么？”

你说：“在华中科技大学出版社建筑分社做编辑，分社在北京有驻地。”

我问你怎么做编辑了，不做设计了？

你说，之前准备转专业考研，现在还挺喜欢编辑工作。

我刚好想到，之前写的故事，是不是可以给你看看，如果可能就在母校出版，于是发了几篇文章给你看。

你当时说，“故事会”你也一直有关注，觉得内容挺好的，可以帮我打听下大众分社是否可以通过，后来我又自荐了手绘的节气蔬果画稿，你当时说要提交议案、开会讨论一下。

事情出乎意料的顺利，你便约我在编辑部见面谈画稿的事。那天下午，我从西四赶去三里屯，大冷风吹得我一把鼻涕一把泪，终于到了你说的地点。打了个电话过去，你说马上就到。不一会儿，我就看到你裹着围巾，从拐角处过来，比预想中的更加瘦小了。你领着我到了分社办公室，见到了你们的主任，整个谈话过程轻松且顺利。

临走时，我送了你一本经书，你送给我一瓶红酒。你告诉我，工作还算自由，平时会出去调研、逛逛书店、考察市场，还是希望做些有质量的书。我说，这本书以后就交给你做责任编辑吧。

因为书，我们微信上的交流也多了起来。后来出于个人原因，我决定延后出版这本画稿。不过你看到好的样书、版式、开本，都会推荐给我。

有次聊天，我翻看你的微信资料，发现自己居然备注了你的三个电话，就截图发给了你。你有些惊讶，因为我备注的其中一个号码是你男朋友的，尾号 4 位数是你的生日，你还有一个号码，尾号 4 位数是他的生日。我开玩笑道：“居然吃了狗粮。”

前几日，你在微信上发给我一长段文字，说如果可以，就投稿到“深夜故事会”。我一口气看下来，好像自己也把这事经历了一遍。

我问：“这篇文章有标题吗？”

你回：“还没想到。”

……

“终归于无。”我说出了脑子里出现的第一个词。

“好。”你回我。

“作者是写你的名字，还是你的笔名？”

“我还没有笔名，你取一个吧。”

……

“晴时雨。”我发过去。

“好，我以后就用这个笔名。”你说。

你说，你经常去检查身体，害怕自己将来先死，那样的话，他可能会找个漂亮的女人。

可是，你又害怕他先死，那样的话，你自己怕是也活不下去了。因为他把你的生活照顾得太好了。

时间是让人猝不及防的东西，晴时有风，阴时有雨，争不过朝夕，又怀念往昔。

小野

2018.4.12

· 对味

我喜欢在写东西的时候，单曲循环一首音乐，而且一篇文章配一首音乐。因为每篇文章都不一样，所以我常常在写之前为找到合适的音乐而不停地浏览歌单。我喜欢听歌，但是涉猎可能不会太广。之前我也一直渴望拥有一副铁三角的头戴式耳机，可以让人忘我地、完全地沉浸在自己的想法里画画。而现在，我正戴着它，听着一串不期而遇的音符，写下这些文字。

今天装修工作结束得早，我做好了一扇木推门便回家了。吃过晚饭，喝着一泡功夫红茶，偶然间听到一首水滴、虫鸣声的山林轻音乐，我便叫小朋友寻来四尺熟宣一张，裁纸、研墨，仿宋画意境，写了一幅山水。完成后看下时间，已至十点。洗漱完，静坐了一会儿，我便躺下，准备睡了。睡前，正巧看到徒弟多多发了一条朋友圈。

我希望
这里是一片净土
没有压力、烦闷、悲伤、吵嚷
每一个人的内心都简单而开心
一直努力，在这里寻求归属感
只是，想要一个小小的温暖角落……

看完，我回复："不识庐山真面目。"

她回复了一个笑脸表情。

都说装修是一种让人遗憾的艺术，因为各人有各眼。

而我想说，如果恋人想结合、在一起生活，可以尝试共同装修、改造一下小窝，考验彼此的效果不一定比旅行差。

或许我就正处于这个阶段，大家都向着同一个目标，都是好心在做事，但争执和分歧却从未间断过。

过年前，徒弟多多告诉我家里出了点事情，母亲生病在住院，

她每天要忙到深夜才能回复信息。我说好好陪着吧，又用微信转了一点钱给她，她没收。

我问她，新年有什么安排?

她告诉我，她迫切地想开一家小店，现在是该好好考虑生活的问题、照顾父母的问题了。

我回复她，不管你的选址在哪，我都会帮你的。

我琢磨了两天，若她想去厦门、长沙，我能更方便地帮助到她。若在其他城市，我也能安排出一两个月的时间，帮她做好前期工作。

大年初七，她回到北京，我们喝茶时一起讨论年后如何安排。

“家里拆迁，爸妈留了我两套新房，我打算回长沙休养两年，写写画画。”我说。

“我也不想在北方待着，想去南方。”多多回我。

“也好。”

“我就跟着你，长沙我也没去过。”她回我。

“可以啊，我拿出一套房子给你开店。你想开餐厅，可以用‘四时’这个名字来做。”就这样，我们开始打包行李，从北京搬到了长沙。

其实，我早就预想过，爸妈会不会不接纳这位北方姑娘，但没想过，多多是否做好了承担风险和吃苦的准备。我当时只存了3万元，琢磨着怕是只能自己动手装修了。我和家里简单说明了这次回长沙的安排，他们也都觉得挺好。我们搬到新房，住下来没两天，爸妈就过来了，准备帮我们装修这间用来做四时堂的毛坯房。

果然，不久之后，精明的老妈便琢磨出这位东北姑娘的一些习惯。例如她不喜欢吃米饭，光吃菜。我说，她吃惯了东北米。于是我们就专门去买东北米来吃。

后来，我们发现她做完饭菜不清洗油烟机，厨房里留了很多油渍；饭碗洗完后，隔天用还有腥味；每天不拖地，睡到上午十点还不起；卫生间落了头发不清理……爸妈说的长沙普通话，她大概也听不明白。

我妈对我说：“你这个徒弟，怕是一时半会还撑不起一家店。”

我说：“哪有一开始就什么都对味的？又不是媳妇，你何必要求太多？开店都是慢慢磨练的，多让她做，多尝试。”

这样的事情也发展到了装修现场，最后演变为我夹在中间，推着多多往前走，同时又要顶住爸妈的压力。后来有一天，多多因为顶不住这些琐碎的事，对我吼，说腰椎痛到不行，还撑着每天做这些，嚷着要打包走人。

正在气头上的我，对她劈头盖脸地一顿数落：“你以为创业容易？你想开店，只看到小店的美好，没有前期这些复杂琐碎的事，会有什么？欲戴其冠，先承其重！我当初在鼓浪屿创业，给客人拉板车，一次拖六个行李箱上坡，每天睡四个小时，吃了上顿没下顿。

你要是担不起，完全可以走，收你做徒弟，也算我看走了眼。”

那次骂完，多多哭了一阵就好了。只是后来，这些情况也并未好转，终于在上周，她又大爆发了一次。最终的结果是，我爸妈回了他们的住处，留我们自己来装修。

说实话，这些情况在预料当中。生活多是这些琐碎的事情，但我并不想被这些困住。经过一个半月的装修，空间也初具模样了，至少我认为人搬过去住，是没问题的。

在此，有些话想对多多讲——

卫生间、厨房都已经装修好，水、电、煤气都通了，热水也有了。今天把你卧房榻榻米的推门也做好了，明天你搬过去住，应该没什么问题。正如给你设计的名片一样，“多多，四时茶食主理人”，你是这个空间的主人，我作为师父，帮你做好装修的事，构架完空间内容，准备好茶食所需的器具就已足够。自你住过去后，日常运营维护全都由你做主。若对某处空间设计不满意，你日后有闲钱了，自可按着心意更改，尽管放开手去做，无论成败，都是你的一番经历。

想起我在鼓浪屿的那两年光景，那帮助过我的阿婆、云婆、房东、一姐、包姐一家、小强、文觉姐等，还有后来接管鼓浪屿四时堂的一哥。

想起因为交不起房租，我一个人坐在海边的旧码头，准备纵身跳海的复杂心情。

想起大雨天被淋得湿透，还要送外卖的日子。

想起和客人彻夜长谈，相见如故的光景。

我相信，只有经历过才会懂得。一些人会在你的生命里陪你走过一段日子，但最重要的是自己努力，努力地做自己。我一直在全力地做我自己，希望你也是。

小野
2018.4.16

· 西洋姐

西洋姐是食堂最早的一批客人。她之前带着孩子在鼓新路 46 号用餐，我记得饭后她找我合影，之后我还特意写了一幅字送给小男孩——“学以致用”。

虽然加了微信，但一直没怎么联系，直到她去北京山上看望我，我们之间的联系就密切了。我一直叫她西洋姐。

在山上的日子，我之前也描述了一些。不过，说到印象最深的日子，还是 2017 年元旦后。那时我已经搬到村子里住，生活面临断粮，加上搬家劳累，心力又都注入在作画中，心率一度在每分钟120多次。临近过年，我当时已没有钱买回家的车票。我记得很清楚，西洋姐来的前几天就告诉我，会来村子里看我。当日，我起床后把电暖打开，点灯、焚香，煮了一壶普洱，忙完就听见有人在外面敲铁门。我去开门，她和往常一般，很恭敬地叫我“师父”，手里提着菜和其他吃的。外面太冷，我们马上进了书房。

屋子里稍微暖和了些，阳光均匀地照进来。她说：“师父，看您今天气色还行，比之前强多了。这两天休息的还行吧？”

我说：“挺好的，喝的中药有效果。”

我起身拿壶倒茶，她也从背包里掏出自己的小布袋，里面有一个杯子。她认识我之后，出门都会带着自己的茶杯。我们喝茶，聊各自最近的生活。

那次她留给我两千块钱，让我一定要收着。我送了一把画着蒲草的折扇给她。

没过几天，我收到一个大件快递，打开一看，里面是一套过冬用的、很厚实的灰棉袍和裤子。她发消息说，是按我的个头定制的，不是全手工缝制，希望我喜欢。

我记得回家过年那天，我穿着那一身棉袍，在纷飞的大雪里，拖着行李箱，走过村口那条很长的白花花的路。

今天，她暂时安顿好家里的事，专门从北京飞来长沙，看望我和四时堂。下午我们见面的时候，她说：“哎哟，师父，你现在看起来真像‘地头蛇’，痞气都有了。”

“哈哈，这个阶段该有的。”我笑着说。

“师父，有什么活儿是我可以做的，我来做。”

室内刚结束地板活，基本的硬装都完成了。我领着她，一起把家具一一归位，把地台的草席铺上，同时也依次介绍了关于空间的设计想法。从光影控制，讲到按黄金比例制作的木窗格。下午的阳光正好从宣纸窗那儿照进来，是很柔和的光线，我看到柜子上两个高低错落的铜香炉的投影刚好投在土墙上，形散而更添静谧，便叫她来看。她凑过来，看到了那个景，连连点头，然后马上拿手机拍下。

晚上我炒了几个小菜。西洋姐特意说想吃我做的土豆。碗盘餐具都是土陶黑釉的，是她喜欢的样子。凉拌黑腐竹、辣炒苦瓜、干锅土豆片、包菜丝、烧金针菇，我们几个人围坐一起，将菜基本吃光。她说，这几天加起来，也没有这顿吃得多。

饭后她洗碗、收拾厨房，我在“润”字间烧水，准备泡茶。我在木窗户后摆放了一枝干桂花，点了支蜡烛放在花后，然后关上窗。坐下来看，花枝影子隐约地映在宣纸窗上，随着风和火光摇曳。

她坐下来，就看到我身后的这个画面。

“师父，我太喜欢这个了，以后我要是去敦煌开民宿，您一定要帮我啊！太感谢您给我机会，我这几天会在这好好学习。”

“我喜欢造空间，不过我不依赖空间。当我的生活慢慢趋于稳定，我会开始准备清零，然后尝试新的可能。”我说。

她告诉我，她也正在这条路上，慢慢放下家庭的压力和事情，开始重新出发，去造自己的空间。

我笑着说：“不是造空间，是造业。有句话说，家大业大。”

聊到 10 点，我便安顿她在“无”字间住下。因为她是在这个四时堂住下的第一位客人，所以我先试了试淋浴用的热水是否能正常使用，方才离开。

估计现在她还在那“风雨欲来”的飘窗边上，吹着山那边吹来的风，构想着日后的空间。

小野
2018.4.20

· 平衡

“平衡”这个词很有意思。过去开店的时候，我经常会被食客问起：“老板，你是怎么平衡工作和生活的？”

我总是笑笑说：“我觉得它们本来就是一体的，我的生活就是工作，我的工作也是我的生活。”

在那个时候，我自认为体验到了很多，觉得自己全然理解“平衡”这个词，以至于后来时常回想起这一切时，会怀念，会感同身受。但现在看来，那时我的状态就是一个“境界”——困境、界限。自

己困在一个小我（人身自由、经济自由）、自我平衡的状态里，也可以认为是在一个过程里。

而后在北京，我认为自己过着一段失衡的生活，我时常处于焦虑、逃避、放任的状态里。“心不净则国土不净”，大概就是这样吧。现在翻看那段时期里抄写的经书，朋友会说：“抄写的时候是不是比较着急？”

“当时可能并没觉得着急，这也是我那会儿的状态，字迹记录了当时的状态。”我会认真地看着书页里的字，思索着回答。

目前我还没有充分理解自己在北京这两年的经历始末，不过我现在是接受它的。我看到了自己信心倒退、意志力脆弱的时刻，看到了过去被困着的“局”，并为此感到开心。

这两天长沙热得我背上起了小痘，便透支预算，买了台空调装在四时堂，我也就搬到四时堂住着，白天画画，晚上在这写文字。时常想到老妈最近挂在嘴上的一句话：“我觉得，你应该可以玩转下去。”感到很有深意。回长沙已三个月，造这个新空间，原本是受徒弟所托，打算将店交付给她作为营生，只是她前些日子放弃、收拾行李离开了。这个境遇我也是第一次碰上，我妈管这个叫“放鸽子”。

若是有和这个空间契合的人，目前也只有我了。我深知这个“局”得自己担着了，不过我想做点不一样的。回顾自己的初心，本无长处，唯有写点、画点东西。索性，日后便以身滋养“四时”，日日笔耕不辍。

若有缘之人来访，粗茶淡饭以待，斗室亦可小住。寒暑可分享作画经验，春秋可把酒赏花望月。

今天又磨了石绿颜料，用来在绢上画山腰。此时，在昏黄的灯光下，房间一角的那抹绿色闪着微光——这已足以平衡我的内心。

小野
2018.5.20

·四时清谈

古圣有云："四时行焉，百物生焉。"顺应自然的节令，与日月同呼吸，随四季调摄身体，是农耕文明下的中国人传承千年的存世哲理。如今都市尘烟四起，非常有幸能与你相会在这片心灵的自留地——四时文化空间。

四时门中风景恍若桃源。踏上弯曲的石板小径，沃土中花草吐芳，清池上水雾缭绕。抬头见茅草屋檐下一木匾，题"撷幽"二字，乃谐音"解忧"。其信箱亦以此二字为名，时有尺素往来，多以毛笔写成。四时曾制"予人信笺"五版，摘选秀雅隽永的古书版式，于熟宣之上，笔尺画经纬、匀墨绘花纹，既为师古，亦为唤起今人亲笔书信的乐趣。

掀布帘而入，房顶吊有球形纸灯，上书有《左传》“君子有四时，朝以听政，昼以访问，夕以修令，夜以安身”之语。四壁土墙暖黄，挂有廿四节气清供系列国画，亦不时展出其他主题，以交流切磋。三块神秘的千里江山挂屏，以矿物颜料绘青绿山水，来客既可饱览画中的壮丽风光，亦可加入工笔沙龙，在三矾九染中领略华夏土地上层峦叠翠、百川归海的景观。

四时雅间有三，分别取名“润”“无”“声”。

“润”字间

画案后年过花甲的老圈椅，经巧匠之妙手，得以矍铄地端坐于主位，与左右的方凳、对面的一条长凳，闲话着如木纹般深刻的经年心事。韶光易逝，纸寿千年。宣纸糊的木窗映着花影，灯下茶色正暖，翻阅书架上梅纹线装的古籍，或赏玩一把用心手绘的折扇，抑或凝望掺有墨汁的清水泥墙上悬挂的“藏真”书法，沉浸墨润书香之中，与文房四士为伴，也做一回飘然古今的君子，远离凡尘。斜倚在阳台上的小榻上，不禁感叹“大梦谁先觉，平生我自知”的简单与美好。

四時

“无”字间

必须躬身屈膝才可进入躏口，入室前卸下防备、摒弃杂念，在返璞归真的朴实无华中谦恭地感受茶道的侘寂之美，亦潜心冥思那不执着于有无、超越生死轮回的处世之道。旧木箱上的热茶香沁小屋。从飘窗望去，日光里远山苍翠，案头有纸笔可即兴挥毫泼墨。夜幕下万家灯火时，衣柜备枕衾，可予客休憩安眠。

“声”字间

蒲团围长几，卷帘引宾朋。地炉炭火正旺，斟淡茶几杯，阔论高谈，品人间清味。旁有老枕木作案台，焚香、插花、挂画，宋人风雅，愿君惠存。静坐于衽席，细聆风吹雨落，花草簌簌，风铃叮叮。红金鱼游戏于池塘，锦花雀嘤鸣在窠巢，声声入耳，清净上心。此处时有雅集，传道授业，撷幽解惑，四时相逢有期。

这里是四时文化空间，有春夏秋冬之饮啖，静候东南西北之嘉宾，亦有啜茶、开卷、入画、听香、侍花、观鱼的文人雅趣。或独自冥思，或三五小聚，愿你最终播下四时的种子，带到柴米油盐的人间去发芽，带到万水千山的天地去开花，那便不负我们的这场相遇……

赵耀

2018.5.30

· 撷幽信箱

2015 年，我曾在鼓浪屿做过一个信箱项目，当时我特意用木板做了一个简易信箱挂在食堂门口。还别说，我真的收到了很多来信！有从外地寄来的信笺，也有客人在食堂用过餐后，直接写了投进去的信。其中有寻求攻略的，有关于职业困扰的，有关于升学解惑的，也有告白的。我一般都会在食堂不营业的时间段里回复这些信笺——大多都是在深夜。

后来因为食堂被征用，这个项目就停了，而后我几次改换驻地，这个信箱项目也一直停滞。直到今天，我拿到物业给我的信箱钥匙，我就比任何时候都清楚，我可以重启这个项目了。

记得在 2014 年 10 月，我做深夜食堂的时候，有一次觉得屋子里少了书，于是抱着试试看的心态，写了旧书征集帖，贴在墙上。幸运的是，我收到了很多书，其中就有东野圭吾的《解忧杂货店》。说实话，我很少看书，尤其不爱看正文之前的那一大篇前言或者序，但北京的彬彬小姐第一次寄来的一大箱子书里面，这本书的名字就很吸引我。接着，有一周的睡前时光都是它在陪伴我。

全书五章看似独立，但却是联系紧密的。一个破旧的杂货店，提供烦恼咨询的业务，来信所写，有孩童无聊的玩闹之语，也有复杂的情感甚至是生存问题。而那个让人心里暖暖的牛奶箱里，总会放着一封神秘的回信。

书中写道："这里不仅销售杂货，还提供烦恼咨询。无论你挣扎犹豫，还是绝望痛苦，欢迎来信。"

我在大学里就喜欢和人互通书信。毕业后到厦门，除了几套衣服和一床被子，我还带着满满一箱子信，应该有两百多封吧。《解忧杂货店》让我有了帮人解忧的想法，当然，我没有预知未来的特殊能力，也没有特别丰富的人生经历，但我一直相信，把手写的信件装入信封，填了地址，贴上邮票，它便具有了不可替代的魔力，对寄件人、收信人皆然。回忆起自己收到过的信件，有的信打开信封便能闻到墨香或花香，有的信字迹娟秀，有的信浸有泪痕，有的信夹带了花瓣或书签……

这些物件就像 U 盘一样，能储存写信人的喜怒哀乐、那时那景，这也是我偏爱写信的原因。

回长沙后的闲暇时间里，我想着自己可以画几张书笺来记录四时的故事，就仿着宋版书里的样式，用墨在纸上画线、涂色。画完之后，满心欢喜。之前多用市面上卖的红线信纸，没想到自己手画的质感更加合心意。像这样的瞬间，我是很乐意记录下来分享给好友的，这也是我的日常。如果你愿意，可以写信与我分享你的日常。

四時
畫箋紙
戊戌叁月初九。於四時
茶食空間思索土墻糊
窗紙以添清趣。憶昔
時宋人刻版書籍樣式
其簡潔而雋永。遂倣
之而畫箋紙。筆尺劃
經緯。勻墨涂框脚。得
箋捌張以師古。作此
款式以為四時故事銘
記。
戊戌小野書

小野信箱 | 参与方式

来信请寄至：湖南省长沙市岳麓区观沙岭金麓西岸和苑 2-1 北栋 905 四时堂　何野；邮编：410023。

直接将信投递至长沙四时堂撷幽园中的信箱亦可，我会每天查看。

我会尽快回复来信，如果你比较着急，请在信内说明，我会优先回复。

附 1：留言合集

以下摘录深夜食堂留言本里部分食客的留言。

如果不是因为日剧《深夜食堂》，我想我也不会专门找过来吃一碗猫饭，虽然这里挺难找的，但“脑残粉”的力量是无穷的。

“深夜食堂”也是我的夙愿。我经常幻想着自己以后也可以开一家这样的食堂，不仅能让过往的旅客填饱肚子，还能听他们分享他们的故事。但首先……猫饭要做的跟老板一样好吃。

老板除了饭做得好吃，为何字还写得那么好？相比之下，我的字真的难登大雅之堂，都不太想写了。

今天应该是我辞职的第 19 天，在等待下份工作来临的漫长日子里，我选择了这次说走就走的厦门游，但愿回去后能有个满意的结果。

人这一生能活的时间很短，何不在短暂的生命中去走更多的路；人这一生能走的路很有限，何不在同样的路程里去见识更多不一样的风景！

一．不二堉

2014.12.16

两个人的旅行突然取消，还是一个人任性地来了。天气不好，下着小雨，走在不熟悉的街道上，想念着一个人……

深夜食堂，我是慕名而来。菜谱古典，食物简单朴实，吃起来有温暖的感觉。

在这里，我认识了生在中秋节名叫“月饼”的猫猫。它很乖，一直都趴在我的腿上，吃我喂给它的猫饭。安静、听话，好喜欢。

吃完饭，月饼已经在我腿上沉沉睡去，蜷缩着，可爱、柔弱。

好喜欢墙上致好友的一段话：

那年阳光很好，我们如此遇见。

觉得你也是另一个我。

在鼓浪屿的第一天，我邂逅了深夜食堂。

谢谢赐予我食物和美好的心情!

鱼麼麼

2014.12.19

希望多年后再来此地，店里会多一名女子，这样老板就没那么辛苦。

慧老大 007

父母开心的笑容，儿子喜悦的笑容，爱人温暖的笑容，就是人生最大的财富。

旅途偶感，记于深夜厨房。

味不在鲜，有情则名。

也许味道一般，但店主很励志!

2015.2.1

依旧记得三年前那一次冲动的旅行。在除夕夜买好机票，第一次想去陌生的地方走走，厦门便成了一个带着各种向往的梦。那一天是 2012 年 3 月 21 日。三年后，3 月 22 日，我又来到这个地方，同样的地方，却有着不同的心情。那一年失恋了，这一年与好友一起，轻松、快乐地重新体验在厦门的一份幸福、宁静。

无意间走进这家深夜食堂，感到格外的舒适。这儿不像陌生的地方，好像多年前梦中出现的老房子，里面全是微笑的亲人，甚至一度想留在这个拥有“深夜食堂”的城市。老板的饭菜格外温暖，老板的字又如此行云流水，让人无法忘怀。

厦门鼓浪屿，或许下一个三年的3月21日，我会再次来到这个地方！

想每天自由自在的喵酱

2015.3.22

这是一个悲伤的故事

毕业季，因为考研放弃了秋招

今天参加厦大复试失利

之前参加企业面试也被拒绝了

强烈的挫败感

没多少企业招聘了

对于前途，有点心慌慌

from 武汉

2015.4.1

第一次和女朋友来鼓浪屿

感觉挺悲伤的

各种不顺、不爽

和女朋友看海，心情不错

更庆幸的是能找到这里

在人头攒动的鼓浪屿

这里更像一个闹中取静的小花园

感觉店主的人生态度很好

Nice

祝：越来越好！

黎航

天气阴。

现在是21时01分，男朋友坐在我对面，品尝着深夜食堂的食物。经历导航、问路、找路标，我们找到了这儿。喜欢这家店，不仅仅是因为它有特色，更是因为它让我看到了男朋友认真写字时的样子。和男朋友第二次旅行了，希望日后他还能陪我去更多的地方看看。这一年，他20，我19。愿时光不老，我们不散……

蔡婷

2015.5.1

我三十三，他二十八。

我有孩子，也有家。

他说他帮我带孩子、遛狗。

我说世俗向左，心在向右。

我说我不知道。

心说它知道。

深夜食堂，如果再来，看是否还是，

这两副碗筷。

2015.5.13

从认识你的那天起，我就丢掉了写日记的习惯。三本日记到今天，也只有你一个人看过。你说过，不开心的时候要第一个想起你。可是今天，我再也没有办法忘记你。

还记得小宝第一次回家，一晚上你都要把它抱在怀里才肯睡。还记得它第一次走丢，自己跑回家。记得我们一起走过的每一条小巷，那个时候，阳光很好，很安心。我不敢相信没有你的日子，没有小宝的日子，不敢想自己会有怎样的不堪。而现在我如此释怀，就像我们相遇那时，因为现在的我，就是另一个你。会好的，不是么？

12.6

一场说走就走的旅行，因为一场不期而遇的台风，延长了行期。当然，深夜食堂却是我惦记了许久的。

日式的深夜食堂，与中式的禅茶文化完美融合，让本是茶行业的我欢欣不已。

其实，我个人认为，中式的深夜食堂里最具特色的应是“番茄炒蛋”，可我还是无奈地从流，选择了红肠及猫饭。

隔壁的小女孩择机闯入，迅速与妻儿打成一片。深夜食堂，深夜，一堂，共食。

再见，这是鼓浪屿最有收获的一段时光！

橙子墨

乌云

茶社

2016.7.11

深入良堂

虽非以往

仍可静心

繁复用以养心

良遇乘以养性

果为生

因为复

圆圈回转

即是活

宋辉

2016.7.15　20:00

太好吃了，要是有胡萝卜就给一百分，现在只能给九十九分了。

环境好，气质佳。

老板颜值高。

菜品简约而不简单。

2016年8月4日

厦门，鼓浪屿。传来好妹妹的《往事只能回味》。在厦门的最后一夜，难得在鼓浪屿住上一晚。鼓浪屿或许早已不是当初的鼓浪屿，但祝愿，深夜食堂，永远是深夜食堂。

2016年，时间已过半。随着岁月的流转，好多事情都还未完成，但是，希望永远不忘初心，勿忘记前行的路。

2016年，生命中的gap year（间隔年），好多事情没有完成。希望自己好好活着，过自己想要的生活。

平淡生活，平淡是福，生活是真。前行，希望记得自己当初的模样；前行，为梦想，为家庭，为生活。

简单的黄油拌饭，简简单单的生活理念和“清贫思想”。不要以“消费者”的身份生存着，而要当一个爱自然、爱生活的自然人，如此而已。

月。加贝

2016.8.17

傍晚6点，报时钟响起，在城市的一隅，属于一家食堂的时间开始了。特殊的风格和怀念的味道招来了不少客人，大家喝着小酒，吃着钟情的食物，卸下一天的疲惫，谈论着一天的趣事，或是独自品味忧愁。

在食物的香气里，在深夜特有的幽静和食堂内袅袅的暖意里，一出出充满人情味的故事被娓娓道来，有悲有喜，暗含着食物的酸甜苦辣。

人间百味，尽在这四时堂间。

厦门鼓浪屿

2016 年 11 月 22 日　21:10

虽然是计划了很久的出游，但依旧有些手忙脚乱。她喜欢和我一起旅行，因为喜欢依赖我、被我照顾的感觉。旅途中虽然各种打打闹闹，有时发发小脾气，但每天回到酒店，两个人依偎在床上的时候，她就变回那个温柔慵懒的小猫咪。

我就是这么喜欢照顾你。

P.S. 别吃啦！我光顾写字，菜都要被你吃光啦！贪吃的小怪物。

爱你的大宝贝。

这是我第一次来厦门，与小亮一起。

没想到在离住处不远的地方，遇见了深夜食堂。

清幽与美食是我所向往的生活。

我希望我未来也能活成自己喜欢的样子。

黄悦

2016.11.26 于鼓浪屿

看到“悲智”二字，

我想到了“我被聪明误一生”。

馨初特洛伊

2016.11.29

吃到了一顿有力量的饭！

OKMAN

2016.12.28

落花过满庭，流水细无声，知音寻觅处，恰似有缘人。

明空　乙未春

第一次一个人旅行。我用两天慢悠悠地把鼓浪屿逛了一遍，也在努力找寻三年前的自己。听听钢琴曲，看看老建筑，吹吹风，内心很平静。还有那个南音，让我想用眼聆听，很感动！

一直在想自己究竟想要什么呢？平凡安稳，还是有趣精彩的一生？还不明白，希望下次来的时候能找到答案。

梅子酒很好喝，暖暖的，让脸微微有点发热。

我好喜欢这里。对诗意的地方，我很是向往。生活是要自己经营的吧！活得诗意点！做最好的自己，人生只有一次！

相信未来一定会有一个爱我的、我爱的人，我等你！下次我们一起来！

希望全家幸福安乐，爱你们！

孤单不将就，想念不回头！

LM.Y

2017.1.13

能来这家店，真的很幸运。

巷子很深，夜很黑，两个女生找到这真不容易。

不过一进来，我真的开心到要跳起来。

为了这家店，我想再来鼓浪屿。

所有菜都好吃，超好吃，怎么这么好吃！！！

所有陈设都超“走心”。

歌单也超喜欢。

能遇见真好！

云

一个让人感动的地方。

不止一顿饭那么简单。

会再来的。

带着所爱之人。

小胡同学，Ticky

2017.2.1

借着上课的名义来了趟厦门。

看到林氏府被改成酒店，赵小姐的店人满为患，历史文化博物馆喧闹无比。在鼓浪屿发酵的喧闹声中，走进了深夜食堂。

这儿有和剧中一样的食物，是让人惊喜的味道，还有我喜欢的民谣。能在这座沉沦的岛上找到这片净土，我真的很欣慰。

希望能和丁胖沉迷学习，日渐消瘦，一起去到更远、更美的地方，以及一年零四个月后，和小钟去北京读书。

（大概是高考前最后一次旅行了，哈哈。）

黎雨茗

2017.2.4

带着满腹的少女心事来了。

很有人间温度的一家店。

温暖的店主和温暖的喵。

他断断续续地回复。

希望自己可以死在这里。

没有人可以发现。

支离破碎的语言啊是我无处安放的心。

我由衷地希望他可以快乐。

不要再被无谓的情绪困扰。

希望他能发自内心地笑得更甜。

即使是在将来有一天没有我的情况下。

虽然此刻我希望这一天永远不要来。

还有希望自己能接受更多的事。

谢谢遇见你们，还有他。

如果可以，我真的很想与他拥抱。

@supremestefame

2017.2.6

我对你，谈不上热，但也不算冷，只是如水般轻柔，我想这样总是好的。我可以用清澈的眼看着你，而你也总是不辜负我看你的目光。

瑾恒

2017.3.19

昨天夜里爷爷去世了。

在我坐在店里的时候。

他在这个国家最北的地带死去。听说走得安详，没有受苦。这次厦门之行对我来说最深刻的回忆怕是此事。人大概永不能盼谁能长长久久地陪伴。

不愿和同行的伙伴细聊，怕扰了兴致，但却愿意在这个留言本上对千千万万的陌生人倾诉。深夜食堂的魅力大概就在于此。

希望城市里永远有这样的一隅，总有这样一个地方会默默地等待疲累的人。

啊，逝者已矣，愿爷爷来世也坦坦荡荡，平安喜乐。

作为生者，要努力地活下去呀。

Vivi

2017.6.21

小野：

我是小P。

今天和海静、恩露、条条一起来深夜食堂。

从6点聊到现在9点30分。

刚刚突然听到打雷……

不得不走啦，再不走我就得寄宿在这了。哈哈，好喜欢这里。

一看就知道你花了很多心思。

希望未来若有一天能再来，

那时的大家仍像现在这般。

小 P

2017.6.28

在第七年的时候我来到小野的深夜食堂，将奇妙的缘分再续。相信一切都是注定，也是人为。最后祝小野一切皆好！

海静

2017.6.28

去找一个像太阳一样的人

帮我晒晒所有不值一提的迷茫

活出我想要的模样

清儿

鼓浪屿深夜食堂

2017.8.7

愿有人陪你立黄昏

有人问你粥可温

时光请你慢点走

2017.9.10

深夜食堂是一种温暖，感谢小野及诸位带给我们的这份平静温暖。祝食堂永远有故事，一直存在。

2017.11.16

上午刚刚选完婚纱照的照片，晚上就坐在鼓浪屿的海风中吃一盘香肠。所以说，人的一生可能至少有一半时间在路上。

来之前以为这里会有一个《深夜食堂》剧中那样的方桌，人们可以看到煮饭的大叔。但若一切皆为想象中的样子，也不免少了一些乐趣。

对了，与我同来的还有我们家大春儿——现在可以光明正大地说他是我们家的了。有他在身边，旅行和勇气都有了，海风也比天津的柔和了许多。

与他在一起的每一刻，时光都是有流速的，顺着指尖跳着舞。

希望远方的家人一切安好！

大春、阿婷

2017.11.16

一人，一城，一生。

五年之后，我再次来到厦门。这座小岛仿佛成了寻找记忆的旅行之所。很幸运，身边的那个人依旧是你。希望下一次可以带着你来到这儿，守着你，过一生。

偶入深夜食堂，这是一个能够让人静下来的地方。虽然跟想象中的不一样，但在回去睡觉的路上，能看到写着“深夜食堂”的灯笼，还是开心的。

PS：茶很好喝，对面的人是我眼里最美的老妹儿。希望可以一直幸福下去。如果不能，我希望你永远幸福安康。

噢，对了，希望我们能顺利通过考试，早日过上喜欢的生活。

把你放在心里的

2017 年 11 月 25 日

2017 年 12 月 31 日，时隔两年之后，再次跟你一起踏上了鼓浪屿的这片土地。从年初的哈尔滨，到年末的厦门，一南一北，感谢有你在身边，一直陪伴着我，一起玩儿，一起成长！

2018 年就要来啦！90 后都要成年啦，时光易逝，还是挺感慨的。希望我们可以这样一直相伴下去。深夜食堂不是排遣伤心或孤独的地方，而是漫漫长夜里温暖的归属。

愿在将要到来的 2018 年，我们一切顺利。跨年快乐！

by L.Z

2017.12.31

一个人的旅行就这样开始了。

——厦门

一人，一岛，一片海。

——鼓浪屿

深夜食堂是我在鼓浪屿的一个小惊喜，本以为只有电视里有呢！遇见你很开心。来了就不想离开。这里为这次孤单的旅行增添了满足的色彩。希望下次不是一个人。希望能再见鼓浪屿，再见“深夜食堂”。

马玉竹

2018.1.15

附 2：他们写来的故事

吟边夜又浓

无事闲坐时，春来草自香。

鼓浪屿的风儿，又吹来了梅雨时节。

我轻轻地忆起昔日那些人们的音容笑貌，提笔，缓慢地写下拖延了很久的随笔文——关于小野、阿祖和我。

早晨落了倾盆大雨，我是被雨声叫醒的，匆忙起身，收了阳台晾晒的衣服、床单，看时间还早，又继续睡过去。整天轻微的头疼使我无法集中精神作画，只好停了画笔，一边歇着，一边打字，零零碎碎不成篇章。写下的内容更像是跟自己的对话，偶尔吐露几句心声，但其实是在写一个久远的故事。

我和小野认识，是在 2015 年 2 月，或是 3 月，也可能是 4 月，时间我已记不得了。见面地方是鼓新路的一栋老房子，也就是他当时经营的食堂里。机缘之下，我参与了那次的“创业分享会”，在场认识的人里，只有小野后来成了我的好友，其他人于我皆为浮云过客。如今说起来，我仿佛还能闻到进屋时掀开门帘就散飘着的檀香味。那时还是春天，花草繁茂的季节，海风拂起的波纹也是轻柔的。

后来因为卖灯、卖画的一些事，小野转账给我，我退了回去。他就约我喝茶，我邀他到 “小屿宙”来。那是第二次见到小野，午后时光无比美妙，斜阳照进来，音乐绕梁回旋。我们两人面容宁静地喝茶、聊天，坦诚相待，像是久别重逢的故友。此时我对小野已多了亲近。我感受得到，他勇敢坚定，无所畏惧，在谈话中不掩饰自己的过往，很多事情直言相告。我对他也是如此。后来，在我去烧水换茶的过程中，他在我的茶盘底下塞了几百块，走后才说“就当供养我的”。我哈哈大笑起来。

这就是阿祖买灯的那笔钱。小野在故事里提及的 Y 和 Z，写的就是我和阿祖。

自那之后，我就常常去找小野蹭茶。有时候他问我，饿吗？我若有所思地点头，他就去厨房给我弄些吃的，吃饱后大家又继续聊起来。时间仿佛很淡，我们总能聊到深更半夜，说得玄妙一点，就像两个自己在互相唠叨，即是小野说的，“我觉得你是另一个我”。

不久后的某一天，我在食堂喝茶，见到了阿祖本人。

他很亲切，皮肤有些泛黑，硬朗偏瘦，为人直爽，面貌里透着重情重义的气息。因为初识，言语里总还是有些客气和谨慎。后来有一回，阿祖和伙伴们去海湾公园喝酒，约了我一道去。大家一片欢声笑语，在那之后，似乎就再没有他的消息了，刚开始还能看到他偶尔在朋友圈“冒泡”，渐渐地，他好像人间蒸发了似的。

前不久，我路过海湾公园，就去逛逛，那儿的酒吧全部被拆了，显得清冷安静，有些破败。当下我发了信息给阿祖，万万没想到，他回复了我。通过彼此的问候、打探、感慨，我才知道那年他回老家去养病，就没有再来厦门。我们这次的联络，已然隔了三年。尽管交情尚浅，可我听他说着“身体不好，在家休养”的那一刻，我自己心里也为之一颤，久久不能平息。

世事悠悠，不如山丘。青松蔽日，碧涧长流。

2016 年 7 月，食堂交由一哥和阿凡打理，小野只身进京，在谦和法师的大清贡梨园那儿学习绘画、抄写经书、听闻佛法、参悟人生。一切的生活际遇，给他以考验和磨难，也给他以智慧和喜悦。

我不喜欢大谈“梦想”，也不屑于表面的“修行”，我更心羡于清淡和平凡的日常。如我所述，小野在他认定的事里，总能一心一意地做到尽善尽美。今年他回到长沙老家，改造了自己的屋子，又继续进行着他的事业。我隔屏观望，欣悦同往，盼着有朝一日再聚首捧杯，以茶代酒，述说想念。

在我正要搁笔时，夜深处音乐起伏如诗，恰播到我最爱的那首《海上花》。

“仿佛像水面泡沫的短暂光亮，是我的一生。”

我想到那时候小野在“故事会”里写道：“你们现在也认识了，有机会我们一起喝茶吧。”现在再看到这句话，我愣了许久。

时光此时静止了。

我也等待多时了。

都茵

2018.6

给小野的回信

谢邀小野，展信舒颜。

我在2015年6月25日这一天与你结缘。那时我在朋友圈写下：“爱藏在字里行间，无所谓远方。终其一生，只为找到真正的自己。”我那时在你身上看到的那种为自己喜爱之事拼尽全力的傻气，就想到了我自己。时光如飞，我也已离开我梦想的蓝天四年。这世间许多事都很巧合。两年后的6月25日，我和男友在上海成家。现在他的身份已经变成了我的先生。

一转眼，这个月就是我们结婚一周年了。当时，我们婚礼现场的大部分的背景音乐，都是用自己提前录好的声音、配上乐曲制作而成。司仪出场的时间不到半个小时，但婚礼全程很温情。一场婚礼就像是一次家宴。

喜帖上的字句是我亲手写的：

爱从眼角出发，抵达鬓角

这微不足道的距离，却需要一生去努力跋涉

爱在字里行间，耳畔身边

不论你在哪里，有你的地方就是家

我一直像一个姐姐一样对你说话，但总觉得给你的陪伴不算多。一直留心你的朋友圈，看你从一个地方离开，去另外一个地方，就会担心你会不会不习惯。看你说下雨天画画，就轻轻给你点个赞。

那些给你的书也不过是代替浅薄的我陪伴在你身边。

只愿你喜乐、健康、平安。父母亦如是。

有机会我还想再吃一次你亲手做的酒蒸蛤蜊和猫饭。

哦！最好再抿两口小酒。

夏夜多美妙！

何卿

2018.6

图书在版编目(CIP)数据

夜会四时堂：人生没有无解的难题 / 小野著 .—武汉：华中科技大学出版社，2019.2
ISBN 978-7-5680-4905-4

Ⅰ.①夜… Ⅱ.①小… Ⅲ.①纪实文学－作品集－中国－当代 Ⅳ.①I25

中国版本图书馆 CIP 数据核字(2019)第 004397 号

夜会四时堂：人生没有无解的难题 小野 著

Yehui Sishitang: Rensheng Meiyou Wujie de Nanti

策划编辑：饶 静 平 雯
责任编辑：肖诗言
封面设计：颜小曼
责任校对：李 琴
责任监印：朱 玢
出版发行：华中科技大学出版社(中国·武汉) 电话：(027)81321913
武汉市东湖新技术开发区华工科技园 邮编：430223
录 排：华中科技大学惠友文印中心
印 刷：湖北新华印务有限公司
开 本：880mm×1230mm 1/32
印 张：10.375
字 数：200 千字
版 次：2019 年 2 月第 1 版第 1 次印刷
定 价：49.00 元